水の杜《もり》の人魚

霊媒探偵アーネスト

風森章羽

講談社
タイガ

イラスト――雪広うたこ
デザイン――坂野公一（welle design）

目次

登場人物紹介

アーネスト・G・アルグライト――英国出身の霊媒師。二十二歳。

竜堂《りゅうどう》 佐貴《さき》――喫茶店《リーベル》マスター。二十五歳。

秋重《あきしげ》――《リーベル》ただ一人の従業員。二十七歳。

沖名《おきな》 駿介《しゅんすけ》――自称・売れない小説家。二十八歳。

大槻《おおつき》――《コーポ大槻》の大家。依頼人。

辻《つじ》 秀巳《ひでみ》――《コーポ大槻》の元住人。故人。

連城《れんじょう》 柾《まさき》――刑事。

汐見《しおみ》 美奈世《みなよ》――ミコト化粧品創業者。故人。

汐見 達弥《たつや》――美奈世の息子。故人。

汐見 凪子《なぎこ》――達弥の妻。ミコト化粧品現社長。

汐見 聖蓮《せいれん》――凪子の娘。十八歳。

梶原《かじわら》 衛《まもる》――ミコト化粧品デザイナー。

山岸《やまぎし》 政恵《まさえ》――汐見家で働く家政婦。

堀内《ほりうち》 哲郎《てつろう》――フリーライター。

三神《みかみ》　京司《きょうじ》――人形師。

水の杜《もり》の人魚

霊媒探偵アーネスト

序章　招かれた怪異

1

「いい香りだねえ。やっぱり、紅茶はダージリンに限るな」

温かな湯気の立つカップに鼻を寄せて、男性客は満足そうな吐息を漏らした。

「ありがとうございます」

笑顔で応じるものの、佐貴《さき》の内心は少々複雑だ。数十秒後にはそのカップに大量の砂糖が投入されることを知っている。

まあ、客の好みに口出しするつもりはないけれど。

調布《ちょうふ》駅の北口から徒歩で五、六分。小さな商店街の中ほどにある喫茶店、《リーベル》。

ハーフティンバー風の建物に、深い木の色を基調とした店内。壁には森の風景画が掛けられて、所々に観葉植物の緑が効果的に配されている。森の中の隠れ家を思わせる、ゆったりと落ち着いた雰囲気を持つ店だ。

平日の昼時こそランチを求める客で賑《にぎ》わうが、それ以外の時間は平日でも休日でも、基本的に店の空気は変わらない。五月の二週目も半《なか》ばを過ぎ、世間ではゴールデンウィークが終わろうとしていても、そんなものさえ無縁とばかりにのんびりとしている。

先月二十五歳になったばかりの竜堂《りゅうどう》佐貴は、この店の若きマスターだ。

金茶色に染めた少し長めの髪を無造作に束《たば》ね、首元に光るのは竜を象《かたど》ったお気に入りのシルバーのペンダント。そうした少々派手な風貌《ふうぼう》もあって、大抵はアルバイトの店員に間違われる。

亡き叔父の後を継ぎ、二代目マスターとしてカウンターに立つようになって三年目。だいぶ仕事に慣れたとはいえ、先代と比べてしまうとやはりまだまだ未熟だ。けれど、焦らずにゆっくりと自分らしい店をつくって行こうと心がけている。三年目にしてようやく、少し余裕が出てきたのかもしれない。

「ところで、秋重《あきしげ》君の姿がないようだけど。休憩中？」

カップを受け皿に戻し、男性客が尋《たず》ねてきた。秋重というのは、佐貴が雇っている唯一の従業員だ。

「今日は休みなんですよ」

伝票を置き、「それじゃあ、ごゆっくり」とテーブルを離れようとした佐貴だったが、

「佐貴君、佐貴君」相手に呼び止められた。

「何ですか」

「もうちょっと話をしようよ。ほら、今そんなにお客もいないし。暇だろう？」

「……言っておきますけど、アレについては話しませんよ」

先手を打つと、相手は不服そうに唇《くちびる》を尖《とが》らせた。

「ちょっとくらい、僕の仕事に協力してくれようって気にはならないもんかな」

「いい加減に諦《あきら》めて下さいよ、沖名《おきな》さん。喫茶店の取材ということなら、いくらでも協力しますけど」

二ヵ月ほど前からこの店に通ってくるようになった彼、沖名駿介《しゅんすけ》は、自称・売れない小説家だ。

年齢は二十八歳。デザイン性のほとんどないシンプルなシャツとジーンズに、足元はサンダル。毛先が好き勝手な方向を向いた髪は、寝癖《ねぐせ》なのか癖毛なのかよくわからない。平日でも休日でもお構いなく、いつもそうした『近所からふらっと来ました』というスタイルで店にやってくる。その辺りはいかにも自由業といった感じだ。

一度だけ彼が書いたという本を見せてもらったが、逢魔時夫《おうまときお》なる怪しげなペンネームで書かれた、作者と同名の怪しげな呪術師《じゅじゅつし》が主人公の、怪しげなホラー小説だった。これは確かに一般ウケはしないだろうなと思いつつ、佐貴はそっと本を閉じたのだった。

その逢魔――いや、沖名がこの店に通うようになったのは、ひとえに作品の取材のためだ。

「だって霊媒師だよ。本物の霊媒師が、こんな店にいるっていうんだよ」

こんな店で悪かったな。そう思う佐貴の目の前で、沖名はシャツの胸ポケットからメモ帳とボールペンを取り出し、

「名前は何ていうの？　年齢は？　どこに住んでるの？　電話番号は？　メールアドレスは？　スリーサイズは？　好きなタイプは？」

「ちょっと、ちょっと待って下さい」

怒濤《どとう》の勢いで質問をぶつけてくる相手を、佐貴は手で制した。

「それのどこが取材のための質問なんですか。スリーサイズや好きなタイプまで訊《き》く必要ないでしょう。大体、相手はおと――」

男なのに、と言いそうになって佐貴は慌《あわ》てて言葉を呑《の》み込《こ》んだが、既に遅かった。

「噂《うわさ》の霊媒師は男性」にんまりと笑い、沖名はメモ帳にボールペンを走らせる。

「なんにも言ってませんよ、俺！」

この店には、由緒正しい霊媒師がいる――

《リーベル》にはそんな、一風変わった噂が存在する。

いつ、誰が流した噂なのかはわからない。気づいた時にはその噂を耳にしたという人間

が、由緒正しい霊媒師に会うべく店を訪れるようになっていた。

真偽を確かめるために面白半分でやってくる者もいれば、真剣な相談事を携えてくる者もいる。

根も葉もない噂だったらまだよかったのだが、その噂は八割か、へたをすれば九割程度、事実だった。

佐貴が英国留学時代に知り合った友人は、代々続く霊媒の家系で、自身も霊媒師の肩書を持っている。加えて彼は、この店の常連客でもあった。

しかし常にこの店にいるわけではないし、何より、好奇心とは無縁で面倒事に関わることを嫌う性質の持ち主である。そうした噂が流れて人がやってくるというのは彼にとって迷惑以外の何ものでもなく、従ってどんな相談事を持ってこられようと、自分の存在は絶対に教えるなと佐貴は日頃からきつく、きつーく言われているのだった。

「小説のネタのために噂の霊媒師を取材させて欲しい」などという理由で店を訪れる沖名など、彼にとっては論外の存在だ。

このような場合の常として、「ただの噂ですよ」と佐貴はあしらったのだが、「火のないところに煙は立たないはずだ」などと言って沖名は諦めず、そのうちに常連客の一人として名を連ねてしまった。

店自体も気に入ってくれたようなのはありがたいが、他の常連客に探りを入れたり、こうして佐貴に尋問をしかけてきたりするのは少々困りものだ。しかもその結果、彼は噂の霊媒師が実在していて、佐貴の友人であるという情報まで摑《つか》んでしまった。

「でも、不思議だよなあ」メモ帳を胸ポケットにしまった沖名は、一本目のスティックシュガーを紅茶に投入しつつ、

「いつ噂の当人が現れるかわからないから、僕はあえて不定期にこの店に来るようにしてるのに。二ヵ月近く通ってもまだ一度も会えたことがないなんて」

佐貴がこの状況を伝えているので、噂の霊媒師は現在、閉店後でないと店にやってこない。反則技かもしれないが、それに気づかない沖名もどうかと思う。

「せめて、面白いネタを持ったお客さんが来てくれればなあ」

切なげなため息をついて、沖名は二本目のスティックシュガーをカップに入れた。

「ついこの間、来た人は面白かったですよ。夜中に天井でごそごそ音がするから、噂の霊媒師に家を見てもらいたいって言ってきたんです」

「それ、秋重君から聞いたよ。結局、天井裏にハクビシンの親子が棲《す》みついてたってオチだったんだろう?」

「写真を見せてもらいましたけど、可愛《かわい》かったですよ」

「僕が求めてるのはハクビシンなんかじゃなくて、本物の怪異なんだよ。噂の霊媒師が出動せざるを得ないような、とびきりの怪異にやってきてもらいたいんだ」

「嫌ですよ、そんなの」

「怪異よ、調布に集まれ！」

まじないをかけるように、沖名は三本目の砂糖をカップに流し入れた。

2

水取湖《みなどりこ》の駅前に車を停《と》め、中野《なかの》はハンドルに両腕と顎《あご》を載せて、フロントガラス越しに空を眺《なが》めていた。

真っ暗な空はときおり光を放ち、その瞬間に灰色の雲の流れが見てとれる。数秒遅れて届く、不穏な低いとどろき。

光と音の間隔を中野は数える。先ほどよりも短くなっている。雷は確実にこちらへやってきているようだ。

少し前から降り始めた雨は見る見るうちに強まり、フロントガラスの向こうではワイパーがせわしなく動いている。

嫌な天気だ。家に帰ってしまいたいが、そういうわけにもいかない。中野はタクシーの運転手で、今夜は夜勤だった。

明日は晴れるだろうか。中野は二日間連休をとり、妻と子どもたちを連れて一泊二日でディズニーリゾートへ行くことになっていた。ゴールデンウィーク中は混雑するからと、あえてずらして予定を組んだのだ。

学校を休んで遊びに行かれると子どもたちは大喜びだが、夜勤明けで出発しなければならない身としてはきつい。そうでなくても中野は、ああいうゴミゴミした場所が苦手だった。ホテルで留守番をしていていいというなら最高だが、まず間違いなくパレードの場所取りをさせられるに決まっている。

明日からのことを考えるとため息ばかりが出るので、中野は仕事に集中することにした。

駅前に人の姿はない。民家は既に明かりを落としているところが多く、駅舎の明るさが際立っていた。その光に寄りそう自分はまるで蛾《が》のようだ。

もうしばらくすると下りの電車がやってくる。終電のひとつ前。それを待って客が来なければ移動しよう。

そんなことを考えていると、不意にコツコツと助手席の窓ガラスが叩《たた》かれた。

中野の心臓が跳ね上がる。客が近づいてきたことにまったく気づかなかった。電車がくるまで客はいないと思い込んでいたせいもある。中野は慌てて後部座席のドアを開けた。

「すみません。気がつかなくて」

「いえ」と答えたのは若い女性だった。けれども乗り込んでこようとはせず、ちょっと困った顔で車の中と自分の身体とを見比べている。

女性は全身ずぶ濡《ぬ》れだった。襟と袖口《そでぐち》に白いレースの飾りがついた、シックな紺色のワンピースは水を吸って重たげだったし、髪や顎の先からは雫《しずく》をしたたらせている。

「このまま乗ったら……ご迷惑ですよね」

やりとりをしている間にも、降る雨は女性の身体を一層濡らしていく。

「ちょっと、待って下さい」

中野は車内に置いてあった傘を彼女に渡してから、タオルをかき集めた。といっても二枚しかない。仕方なくポケットからハンカチも引っ張り出す。

タオルを一枚シートの上に敷き、「どうぞ」と女性を促《うなが》すと、「すみません」と彼女は申し訳なさそうにタオルの上に座った。

「傘はどうしたんです?」

もう一枚のタオルと、ハンカチも渡しながら中野は尋ねる。

「忘れてきてしまって……」

赤みがかった長い髪をタオルで拭《ふ》く女性は、傘どころかバッグも持っておらず、完全な手ぶらだった。

中野はいぶかった。話し方や雰囲気こそ大人びているが、よく見れば女性はまだ少女といっていい年頃だ。高校生ぐらいだろうか。

「調布まで、行っていただけますか？」少女が言った。

「調布？」

中野はまじまじとバックミラー越しに少女を見た。少女もまっすぐにこちらを見返してくる。大きな茶色の瞳《ひとみ》で。強く、訴えるように。

「はい。とりあえず、駅の辺りまで」

ここから調布までとなると、高速を使わなければ二時間はかかる。高校生と思《おぼ》しき少女が、もうじき日付も変わろうという時刻にバッグひとつ持たずに一人でタクシーに乗り、そんなところまで向かおうとしている……。

尋常ではない。中野の内に、警告のランプがともった。

「調布まで行くとなると、かなり料金がかかりますよ。深夜料金にもなりますし」

「はい」

問題はないと言いたげに少女は頷《うなず》いた。お嬢様然とした少女なので、金は持っているのかもしれないが――ポケットに入れているのだろうか――お嬢様がこんな時間に一人でタクシーに乗るというのは、ますますもって不可解だ。

やっぱり、どう考えても尋常じゃない。

有名な怪談が脳裏をよぎった。ここは駅前だが、歩いて五分ほどのところに墓地がある。

いや、そんな馬鹿《ばか》なことがあるはずはない。中野はすぐさま否定する。この場合、考えるべきは幽霊ではなく犯罪の可能性だ。

まったく、なんて客に出くわしてしまったのだろう。中野は自らの不運を呪《のろ》った。面倒事はごめんだ。今夜はつつがなく仕事を終わらせ、さっさと家に帰らなければならない。明日は七時に家を出るのだ。

「学生証とか、身分が証明できるものを何かお持ちですか？」中野は訊いた。

「……タクシーに乗るのに、そんなものが必要なんですか？」

「状況が状況ですからね。持っていないということなら、お名前だけでも教えてもらえませんか？」

「………」少女は答えない。

「こんな夜遅く、ましてこんな天気の中、調布まで何をしに行くんです？　ご家族はこのことをご存知なんですか？」

黙ったまま、少女は何かを探すように窓の外に目をやった。別の車に移ろうと考えたのだろう。しかしあいにく、ここにいるタクシーはこの一台きりだし、仮に別の車がいたところで結果は同じはずだ。

雨音にまじって、近づく電車の音が聞こえてきた。下り電車がやってきたようだ。

あの電車は、タクシー客を吐《は》き出《だ》してくれるだろうか。ごく普通のタクシー客を。

「申し訳ないけど、お嬢さんをお運びするわけには――」

「中野さん」名を呼ばれ、中野はどきりとした。車内に掲げられた乗務員証を確認したらしい。

「中野さんに断られたらわたし、駅に駆け込みます」

「駅に？」

「それで、嘘《うそ》をつきます。中野さんが困るような嘘を」

少女の言わんとすることを察し、中野は青ざめた。タクシーの運転手に変なことをされたと騒ぐつもりなのだろう。事実無根であっても、この手のものは一度騒がれると身の潔白を証明することは非常に難しい。

「脅す気ですか」上品で清楚《せいそ》なお嬢様かと思えば。とんでもない娘だ。

「わたしだって、そんなことはしたくありません。でも、どうしてもだめだと言われたら、仕方がないです」

「……朝になってから、電車で行くのではだめなんですか？」

もはや選択肢はないと自覚しつつ、最後の悪あがきで中野は訊いた。

「行かなきゃ、いけないんです」伏せた睫毛《まつげ》に深い悲しみを載せて、少女は言った。「行きたいんです。今、どうしても」

小さく波打つ声が、中野の胸をしめつける。

「……高速を使っていいですか?」

少女の顔に、安堵《あんど》の笑みが広がった。「はい。ありがとうございます」

痴漢騒ぎを起こされることを恐れたからというだけではない。この少女を運ばなければならないという奇妙な使命感が、彼の中に芽生《めば》えたのだ。

走り始めてしばらくすると、後部座席から歌声が聞こえてきた。

車の屋根を叩く雨音は激しかったが、ガラスのベルのように澄んだ歌声は、不思議な具合に雨音の間をすり抜けて中野の耳に入ってくる。

「ルー」とも「ウー」ともつかない、ハミングで形成された旋律。

それは美しいと同時に悲しげでもあり、中野の胸に切なく沁《し》みた。


調布駅に着いた頃には雷はおさまっていたものの、雨の方は依然強く降り続いていた。

「それで、ここからどうしましょうか?」

南口に車を停め、中野は少女に尋ねる。駅が最終目的地ではなさそうなので、調布市に入った辺りで中野は何度か具体的な行き先を尋ねていたが、そのたびに少女からは「とりあえず駅に」という答えが返ってくるだけだった。

「すみませんけど、一旦《いったん》降ろしてもらえますか」

少女は何やらもじもじしている。

「どうしました？」

「お手洗いに行きたいんです」

少女は窓の外を指差した。数メートル先の小さな公園の脇《わき》に、公衆トイレと思しき建物があった。しかしそれは、いかにも『公園の片隅《かたすみ》の公衆便所』といったふうで、お嬢様に使える代物かは疑問だった。

「少し我慢できるなら、コンビニへ行きましょうか。そちらの方が綺麗《きれい》だと思いますよ」

「大丈夫です。行ってきます。すぐに戻ってきますから、待っていて下さい」

どうやらせっぱつまっているらしい。ずっと我慢していたのかもしれない。言ってくれれば、途中でコンビニに寄ったのだが。

「じゃあ、傘を――」

車にある傘を中野が渡そうとした時には、少女は既に車を降りていた。

小走りで駆けて行く少女の身体を、雨が再び濡らしていく。一度ずぶ濡れになってしまったので気にならないのかもしれないが、あのままでは風邪をひいてしまう。車内にはもう新たなタオルはない。やはりコンビニへ寄ろうと中野は決めた。それでタオルと、温かい飲み物を買ってやるのだ。

ワイパーの振れる回数を無意味に数え、ときおり公衆トイレの方を窺《うかが》いながら、中野は少女が戻ってくるのを待った。

三分、五分、十分——少女は戻ってこない。

気分でも悪くなったのだろうか。熱を出して倒れているのかもしれない。

中野は傘を手に、車を降りて公衆トイレへ向かった。呼びかけてみても返事がないので辺りを見回し、人がいないのを確認してから素早く女子用の方に入る。

個室はすべて空いていた。

少女の姿は、どこにもなかった。

第一章　夢を見る部屋

1

　五月も三週目に入った月曜日の午後。《リーベル》には相も変わらず、ゆったりのんびりとした空気が漂っている。

　グラスを磨《みが》きながらうっかり出そうになるあくびを、佐貴はさっきから何度も嚙《か》み殺《ころ》していた。

「今日は、来るんじゃないかな」

　客のいないカウンターの椅子《いす》に座り、流れる空気と同様の口調で秋重が言った。

　佐貴が雇う従業員ではあるが、実際のところ秋重は佐貴の先輩だ。二つ年上というのはともかくとして、彼は先代マスターの頃からこの店でアルバイトとして働いていた。店を継ぐにあたって、佐貴は彼から実務のあれこれを学んだのだ。

　秋重はとにかく器用で、何をやらせても人並み以上にこなす有能な人物だが、「能ある鷹《たか》は爪《つめ》を隠す」とことわざにもあるように、見た目はまったくそれを窺わせない。長い前髪をピンクのシュシュで束ね、呑気《のんき》な笑顔でひょろりと佇《たたず》む姿は、何ともとりとめのない感じだ。

彼が何を考えているのかはいまいちよくわからない。実家が美容室で、美容師免許まで持っているにもかかわらず、給料も待遇も決して理想的とはいえない喫茶店の店員に甘んじているのはなぜなのか。もっとも、甘んじてくれていないと佐貴としては困るので、面と向かって本人に尋ねてみたことはないのだが。

そんな秋重が、ひと月ほど前からハマっているのが『沖名予想』だった。

先日、沖名自身も言っていたことだが、彼には他の常連客のように店を訪れる決まった曜日や時間帯というものが存在しない。噂の霊媒師に会うために、あえてリズムを作らずにいるからだ。
二、三日連続してやってきたと思えば、一週間まったく来ないこともある。その沖名の来店を秋重は予想するのだが、それがまたどういうわけかよく当たるのだ。
「そろそろ、来そうな気がするんだよね」

「沖名さんもいいけど、どうせなら宝くじを当てて欲しいよ」

「予想を的中させるという意味なら、宝くじよりも競馬じゃない？」

「それもそうか」

「まあ、どっちにしろ俺、宝くじは買わない主義だけどね」

どういう主義だよと思いつつ、「何で？」と佐貴は尋ねる。

「一等が当たっちゃったら大変だからさ」

「……当てるために買うんだろ？」

「わかってないなあ、マスター」秋重はゆるゆると首を振り、

「宝くじの一等が当たった場合、どれくらいの運が消費されると思う？　もしそんなものを当てたら、ここまでの消費量をかんがみて、俺は翌日に死ぬと思うな」

「…………」前向きなのか後ろ向きなのか。やはりよくわからない人物である。

そんなことを話していると、入り口のドアベルがカランと鳴った。

入ってきた客の姿を見るなり、佐貴は思わず呟《つぶや》いていた。

「……秋重。今度、馬券買いに行かないか？」


やってきた沖名はしかし、一人ではなかった。和装の老人が共に入ってきて、彼と向かい合う形で席に座ったのだ。沖名が誰かと一緒にやってくるのは初めてのことだった。

「いらっしゃいませ」

水とおしぼりをテーブルに置きながら、佐貴はさりげなく相手の老人を観察する。

年齢は七十過ぎといったところか。七割程度が白くなった髪は、頭頂部が綺麗に禿げ上《は》《あ》がっていた。妙に姿勢よく椅子に座り、興味深げに店内を眺めている。沖名とはまったく

似ていないので、祖父や父親というわけではなさそうだ。作家仲間だろうか。

「ここ、紅茶がおいしいんですよ」

沖名はメニューを開いて老人に差し出したが、老人はそれを見ようともせず、「クリームソーダ」と佐貴に告げた。

「……僕は、いつものね」

「はい。クリームソーダと、ダージリンのストレートですね」

数分後。注文の品を持って佐貴が再び彼らのもとへ行くと、「佐貴君」と言って沖名が、自分の隣の椅子の座面をぽんぽんと叩いた。

「何ですか？」

「まあ、座って」

「俺、仕事中なんですけど」

「秋重君に任せても大丈夫だろ。この人、大槻《おおつき》さんていうんだ。噂の霊媒師に相談があるんだってさ」

佐貴はげんなりした。面白いネタを持ったお客に来て欲しいとか、怪異よ集まれとか言っていたのは二、三日前のことだったが……まさか、本当に連れてくるとは。

「違うよ」と沖名が言った。

「何がですか？」

「佐貴君、今、思っただろ。『コイツ、本当に怪異ネタを持ったお客を連れてきたよ』って」

妙なところで鋭い男だ。

「実際に連れてきたじゃないですか」

「大槻さんとは商店街の入り口のところでたまたま会ったんだよ。『この辺りに《リーベル》という喫茶店があるはずなんだが知らないか』って訊かれてね」

「お知り合いじゃないんですか？」

「沖名君とは、十六分前に会ったばかりだ」

大槻はクリームソーダのアイスをスプーンですくいながら、

「ところで、お前さんが店主だと聞いたが？」

「はい。竜堂と申します」

ふうんと大槻は、しげしげと佐貴を眺める。

「見た目はチャラいけど、佐貴君はこれで僕なんかよりもずっとしっかりした青年なんですよ」

カップになみなみとついだダージリンティーに、沖名は今日もスティックシュガーを三本投入する。

「すいませんね、見た目がチャラくて」

「褒めてるんだよ」

まったくそうは聞こえない。とはいえこのまま相手を見下ろして話をするわけにもいかないので、仕方なく佐貴は沖名の隣に腰を下ろした。

「大槻さんは、うちの店に霊媒師がいるという噂をどこかで耳にされていらっしゃったのだと思いますが、残念ながらその霊媒師というのは――」ただの噂なのだと佐貴は言おうとしたのだが、

「この店にいるわけじゃなく、お前さんの友人ということなんだろう？　沖名君から聞いたから、それはわかっとる」

佐貴は沖名に鋭い一瞥《いちべつ》をくれてやった。沖名はそ知らぬ顔で、紅茶風味の砂糖湯と化した液体に口をつけている。

「お前さんからその友人に頼んでくれればいい。実はな、わしの――」

「ちょっと、待って下さい」

さっそく依頼内容を口にしようとする相手を、佐貴は慌てて止めた。

「確かに、俺にはそういう友人がいます。でも、彼はこうした形で相談を持ち込まれることをとても嫌います。ですから大変申し訳ありませんが、お受けすることはできないんです」

「話が違うじゃないか」

大槻が恨めしそうに沖名を見る。大方、「マスターが快《こころよ》く話を聞いてくれるから」などと調子のいいことを言ったのだろう。

「大丈夫ですよ。何だかんだ言って佐貴君は、お人好《ひとよ》しでお節介《せっかい》な青年ですから」

やはり、まったく褒められているようには聞こえない。むしろ喧嘩《けんか》を売られているような気がする。

「では、沖名君に交渉を任せる」

椅子から腰を上げる大槻を、沖名はきょとんと見上げた。

「大槻さんはどうするんですか？」

「わしは手洗いへ行く」老人は宣言した。「その間に、彼を説得するんだ」

沖名に任務を与えると、大槻は席を離れて行った。途中で秋重を呼び止め、手洗いの場所を尋ねている。

大槻の席には、メロンソーダ――いや、アイスを綺麗に食べ尽くしたクリームソーダが残されていた。

「というわけで佐貴君。頼むよ」

「無理です」

「つれないな。いつものお人好しでお節介な佐貴君はどこへ行っちゃったんだい？」

「それ、喧嘩を売ってるようにしか聞こえませんから。大体、俺は沖名さんにお人好しとお節介を披露した覚えはありませんし」

「じゃあ、初披露してくれないかな」

両手を合わせ、沖名は不格好に片目をつぶる。「あんなご老人が、わざわざ霊媒師を頼ってきてくれたのに。手ぶらで帰すつもりかい？」

「ケーキぐらいはお詫《わ》びに持たせますよ」

「あ、そうなんだ」

「沖名さんの魂胆はわかってます。大槻さんの依頼を何とかして受けさせて、自分もちゃっかり噂の霊媒師と対面を果たそうっていうんでしょう？　そううまくはいきませんよ」

そうかあ、と沖名はわざとらしいため息をつく。

「佐貴君にもメリットがあると思うんだけどなあ」

佐貴は無視した。どうせ大したメリットではあるまい。

「というより、引き受けないことがデメリットになるかも」

「……どういう意味ですか？」

さすがにこれは無視できなかった。にやと沖名は小さく笑む。

「大槻さんは地元の老人会のパソコンサークルに入ってて、そこの仲間とブログを作っているんだってさ。僕は見たことないけど、市内にある色んなお店を紹介してて、地元の人たちの間ではわりと好評なんだって。時にかなり辛辣《しんらつ》なコメントも書いてるみたいだけどね。それがまたウケてるらしいよ」

「つまり、大槻さんの依頼を引き受ければ好意的な形でブログにうちの店のことを紹介してもらえるかもしれないけど、断れば思いっきり悪口を書かれるかもしれないってことですか」

「それもそうだし、霊媒師の噂も書かれちゃうかもしれないよね」

「卑怯《ひきょう》ですよ、沖名さん」

「卑怯?　っていうか、どうして僕?」

「そうやって大槻さんをけしかけるつもりなんでしょう」

「僕、そんな嫌なやつに見えるかい?」

「今は、思いっきり」

「ひどいな」沖名は苦笑いを浮かべ、「でもその言い方は、引き受けてくれると受け取っていいのかな」

「仕方ないじゃないですか。そんなふうに脅されたら」

「脅したつもりはないんだけどね。この場合は僕が卑怯なんじゃなくて、やっぱり佐貴君がお人好しってことだよ」

言って、沖名は憎たらしいくらいに屈託なく笑ってみせた。「ありがとう、佐貴君」

そこへ大槻が戻ってきた。

「どうだ、話はついたか？」まるで他人事のように尋ねてくる。

ため息をひとつつき、佐貴は言った。

「お話を伺わせていただきます」

2

「――というわけで、大槻さんの話を聞くことになったんだよ」

愛車のハンドルを握りながら、助手席の人物に向かって佐貴は説明する。

「大槻さんは市内にある《コーポ大槻》っていうアパートの大家をしていたんだけど、そのアパートを取り壊すことになったんだってさ」

住人の立ち退きは既に終わっていて、後は建物を壊すだけという段階にあるようだが、いざ壊すとなると大槻にはひとつ気がかりがあった。

そのアパートには、いわくつきの一室があったのだ。

過去に問題の部屋に住んだ人々は、そろって奇妙な体験をしたという。

部屋にいると、ときおり水が腐ったような臭いがどこからともなく漂ってくる。原因になるものは何もないにもかかわらず。

そしてその部屋で眠ると、何度も同じ夢を見るらしい。

森の中に、暗くよどんだ池がある。ただそれだけの夢なのだが、その夢を見た人間は、とにかく陰鬱《いんうつ》な気持ちになるという。

そんなことが繰り返し起こるので、住人は気味が悪くなってすぐに引っ越してしまう。新たに入った人間も、同じ体験をして一年と経《た》たずに出て行ってしまう。

結果、大槻はその部屋に人を入れることをやめ、何年も空き部屋の状態が続いていたらしい。

アパートを取り壊すことになったのは単純に老朽化のためだが、そのようなことがあった部屋である。作業中に事故が起こるとか、家族が立て続けにおかしな死に方をするとか、よく聞くその手の話を思い出し、このまま取り壊していいものかと不安になっていたところ、《リーベル》の霊媒師の噂を耳にして相談に訪れたというわけだ。

「大槻さんも、奥さんと一緒に問題の部屋でひと晩過ごしたんだってさ。そうしたらやっぱりおかしな臭いがするし、二人そろって池の夢を見たって」

「別の人に相談をしたことはなかったのかい?」

窓の縁に頬杖《ほおづえ》をつき、外の景色を眺めながら相手が問うてくる。

「なかったみたいだな。霊能者とか霊媒師って人種は周りにいなかったみたいだし。寺の坊さんにも、何となく相談しづらかったって」

「ふうん」と相手は答え、そのまま会話は終わった。

聞いた話について考えているのかと思いきや、どうもぼんやりとしているだけのようだ。

こいつ、やる気がないな……。

佐貴の友人である噂の霊媒師は、名をアーネスト・G・アルグライトという。

日本人顔負けの完璧《かんぺき》な日本語を話すが、れっきとした英国人で、黙っていれば男でさえも息を呑むような美貌《びぼう》の持ち主だ。けれどその美貌は、多分に人形的である。

今年二十三歳になる彼だが、西洋人ということに加え、年齢にそぐわぬ落ち着きも持っているので、一緒にいると大抵は佐貴の方が年下に見られる。

日本では知る者は少ないが、欧州圏ではアルグライトの名は広く知られているらしい。代々続く霊媒の家系であると同時に伯爵という爵位まで持つアルグライト家は、かなり特殊な位置づけにある存在といえるだろう。

アーネストは、その本家の跡取り息子だった。

綺麗に撫《な》でつけられた明るいアッシュブラウンの髪に、クラシカルな黒のスリーピース。首元には黒のリボンタイというのが彼のお決まりのスタイルだ。

少々時代錯誤の感もある気取った服装は普通ならかなり浮くはずだが、彼の場合は容姿も身にまとう雰囲気も、霊媒師という肩書も、とにかく何もかもが浮きまくっているので、その上に浮いた格好をされたところで大して気にならない。

大槻が店にやってきてから三日後。五月十五日の木曜日。

店の定休日を利用して、佐貴はアーネストを連れて市内にある大槻家へと向かっていた。問題のアパートへは、大槻が案内してくれることになっている。

昨夜《ゆうべ》は雷と雨がすごかったが、一転して今日は快晴だ。頭上——正確にいえば車の上には、清々《すがすが》しい春の青空が広がっている。

こんな日に怪奇現象が起こるアパートへ行こうというのは、少々間の抜けた感がある。といって、夜中に行くのは絶対にごめんだが。

「何かないのか」沈黙に耐えかねて佐貴は言った。

「何か？」緑がかったグレーの瞳が、怪訝《けげん》そうにこちらを向く。

「意見とか、質問とか」

「問題の部屋については、実際に見てみないことには意見も質問もない。強《し》いて言うなら、それとは別に疑問がひとつ」

「何だ？」

「なぜ君は、今回の件を引き受けたんだい？」

赤信号になったところで車を停止させ、佐貴は相手の、規格外といいたくなるほどに整ってはいるけれど、表情に乏《とぼ》しい顔を見つめた。

「俺の話、聞いてなかったのかよ」

「沖名さんに脅迫されたから？」

「そうだよ。断って、うちの店の悪口やお前の噂をネットに書きまくられたら困るだろ」

「そんなことを本気でするはずがないというのは、君にだってわかっていただろう？　君の機嫌を損《そこ》ねたら、噂の霊媒師を紹介してもらえる機会はなくなってしまう。沖名さんにとっては何のメリットもない。第一、本気で脅迫をするつもりなら、大槻さんの登場を待つまでもなく最初からそうすればいいことだ。ネットに書き込むなんて、その気になれば誰にだってできることだろう」

アーネストの言う通りだった。佐貴もそれほど馬鹿ではない。あんなものは口先だけだということはわかっていた。そして佐貴がわかっているということを、沖名もまたわかっていた。

——僕が卑怯なんじゃなくて、やっぱり佐貴君がお人好しってことだよ。

あの時の沖名の言葉はそういう意味だ。

「沖名さんという人の話を聞くたびに思っていたことだけど、君は彼からずいぶんと迷惑をかけられているにもかかわらず、それを甘んじて受けているようなところがあるね」

「……そうかもしれないな」

「なぜ？」

「そりゃあ、一応は客だし。それに——」

喉元《のどもと》まで出かけた言葉が途中で止まる。

「それに?」

「何でもない」佐貴はそれを呑み込んで、「それより、アーティの方はどうなんだよ」

『アーティ』とは、佐貴がつけたアーネストの愛称だ。英語圏の人間からすれば「なぜ?」と首を傾《かし》げたくなるだろうが、そこは日本式ということで、佐貴はかつての自らの無知をごまかすことにしている。

「僕が何?」

「どうして今回の件を引き受けたんだ? 詳しい説明も聞かないうちから、すんなり承知したよな。しかも、こんな時間を指定されても嫌がらずに」

「あまり早い時間でも大変だろうから、九時にしよう」大槻にそう言われた時、佐貴は一瞬、午後の九時かと思った。老人の朝は早いというが、彼にとって午前九時というのは「さほど早くない時間」らしい。

「そのわりに、やる気満々てわけでもなさそうだけど」

「息抜きに丁度いいと思ったんだ」

「息抜き?」

「あの家にいると、仕事でもないのにとにかくあちこち引っ張り回される。今日は誰々との会食があるとか、今日はどこどこでパーティーがあるから参加しろとか」

これまで、身体があくと羽を伸ばしに日本にやってきていたアーネストだが、この春から彼は、昭島《あきしま》にある地守《つちもり》家の屋敷にホームステイを始めた。

貴族のお坊ちゃんのホームステイ先にふさわしく、地守家というのはあらゆる方面に太いパイプを持つ家だ。主である地守時彦《ときひこ》は、こちらにいる間にできるだけそのパイプを彼に繋《つな》いでやろうと考えているのかもしれなかった。

「家にいる時はいる時で、時彦さんの相手をさせられる。カードとか、チェスとかね。あの人はとにかく負けず嫌いで、一度始めるとなかなか解放してもらえない」

その光景を想像して、佐貴の頬は思わずゆるんだ。地守時彦は偏屈老人を絵に描いたような人物だが、何だかんだアーネストを構わずにはいられないらしい。アーネストの方は早くも閉口しているようだが。

ホテルに滞在していた頃、本人と同様に無機質で生活感のまるでない部屋を見るたびに、こいつはどうやって日々を過ごしているのかと、友人として佐貴は大いに不安になったものだった。その頃に比べると、今の彼は人間らしい生活を送っているようだ。

「何をにやにやしているんだい？」

眉《まゆ》をひそめ、アーネストが不可解そうに問うてくる。「僕は、面白い話をした覚えはないけれど」

「いや、面白かったよ」

変なやつだと言いたげに、アーネストは小さく鼻を鳴らして窓の外に視線を戻した。

市の南側に位置する大槻家は、和装の老人の住まいにはふさわしい築数十年の日本家屋だった。近くには多摩川《たまがわ》が流れ、環境としてはなかなかいいところだ。門の前には、まさしくその和装の老人が立っている。隣には、いかにも眠そうな沖名の姿。

やっぱりいたか……。

今日大槻家を訪れることを、佐貴はあえて沖名には伝えていなかったが、大槻の連絡先を聞いた時に隣で彼もペンを走らせていたので、きっと連絡を取り合っているのだろうとは思っていた。

「遅かったな」

挨拶《あいさつ》をするより早く、むすりと大槻が言った。「あんまり遅いから、しびれを切らしてここまで出てきてしまったじゃないか」

佐貴は腕時計を見る。九時二分。車を置く場所に迷ったせいだろう。それにしたってたった二分だが、「すみません」と佐貴は素直に謝った。

「何でこんなに早い時間なのかな」沖名は大きなあくびをする。「僕、普段は十時に起きてるんだけど」

「十時はもう昼だろう。わしはいつも四時に起きてるぞ」

「四時って、僕にはまだ夜ですよ」

沖名はまた大きく口を開けたが、あくびにはなりきらず、中途半端《ちゅうとはんぱ》な間抜け面をさらすことになった。

どこで引っかかっていたのか、佐貴に遅れる形でアーネストがやってきた。

次の瞬間。沖名は驚くほどの素早さでアーネストの目の前に立った。

「君が噂の霊媒師くんだね。会いたかったよ！　僕は沖名駿介。初めまして」

両手で強引にアーネストの右手を取り、ぶんぶんと上下に振る。「いやあ、これほど見目麗しいとは。驚いたなあ」

「アーネスト・アルグライトと申します」

興奮する沖名とは見事に対照的な冷静さで名乗り、アーネストは握られたままの手をすっと抜き取る。そして大槻の方に向き直ると、同じように名乗り合った。

「外国の人とは思わんかったな」

大槻も目を丸くしている。初めてアーネストという人物を目の当《あ》たりにして、驚かない人間の方が稀《まれ》だろう。

《コーポ大槻》はここから徒歩で五分ほどだというので、佐貴は路上駐車していた車を近くのコインパーキングに移動させ、皆で歩いてアパートへ向かった。

うららかで気持ちのいい散歩日和ではあったが、平日のこんな時間に大の男が四人、連れ立ってぽこぽこと歩く姿はちょっと異様だろうなと佐貴は思った。しかも、珍妙としか言いようのない取り合わせの四人だ。傍目《はため》にはどんな関係に見えるのだろうか。……どんな関係にも見えないだろうが。

「ここだ」

足を止め、大槻が目の前に現れた建物を示した。

「これは……」沖名は一瞬言葉を詰まらせ、「なかなか趣のある建物ですね」

つまるところ、ボロアパート以外の何ものでもなかった。

建てられて三十年以上はゆうに経過しているだろう。もとは白かったはずの外壁は灰色に汚れ、所々にヒビや染《し》みが浮いている。《コーポ大槻》という名前が記されたプレートもかなり色あせ、かろうじて文字が読み取れる状態だった。

もはや壊される時を待つだけの建物は、早くも廃墟《はいきょ》の様相を呈《てい》している。明るい陽の下で見るその姿は、不気味さよりも哀《あわ》れを誘った。

部屋は一階と二階にそれぞれ五部屋ずつ、計十部屋あるようだ。問題の部屋は二〇二号室ということで、大槻を先頭にして錆《さび》が浮いた外階段を上っていく。

「へえ、ここか」

手前から二番目、二〇二と記されたドアを沖名は興味深げに眺める。「こうして見る限りでは、特に禍々《まがまが》しい感じとかはしませんね」

アーネストが無言のまま、ごく自然な動作でドアノブに手を伸ばした。それに気づいて大槻が袂《たもと》から鍵《かぎ》の束を取り出したが、その時には既にドアは細く開かれていた。

「えっ」佐貴と沖名は同時に声を上げる。

どうして開いているのだろうか。疑問を口にしかけた佐貴だったが、奇妙な臭いを感じて反射的に鼻を押さえた。

何だろう、この臭いは。まるで水槽を長いこと放置したような——思ってからはっとする。腐った水の臭いとは、これのことだろうか。

けれどドアが完全に開かれた時には、もうその臭いはしなくなっていた。気のせいというには、強烈な臭いだったが……。

「中に入ってよろしいですか?」

尋ねるアーネストの無表情には、少しの揺らぎも見られなかった。彼は今の臭いを感じなかったのだろうか。

大槻の許可を得ると、アーネストは靴を脱いで部屋に上がった。佐貴たちもそれに倣《なら》う。

短い廊下の左右に狭い台所と手洗いがあり、突きあたりは六畳の和室になっていた。その奥にもう一部屋あるようだが、仕切りの襖《ふすま》は閉じられている。

ずっと空き部屋だったというわりには、部屋は綺麗だった。畳こそ黄ばんで摩《す》れているものの、汚れでざらついていたり、埃《ほこり》が溜《た》まっていたりということはない。まさか、怪奇現象が汚れをはねつけているわけではないだろう。

「この間、掃除をした時に鍵をかけ忘れたのかもしれんな」

鍵束を袂に戻しながら大槻が呟いた。

「取り壊すのに、掃除なんてしてるんですか？」沖名は無駄だと言わんばかりだ。

「うん、まあ……この部屋だけ、何となくな」

佐貴はちょっと意外に思った。その答えからは、この部屋に対する大槻の愛着のようなものが窺えたからだ。怪奇現象が起こり、気味悪がって住人がすぐに出て行ってしまうという部屋なのに。

「あちらには何があるのですか？」アーネストが閉じられた襖を指す。

「四畳半の和室になっているが……」

大槻の手によって襖が開かれる瞬間、佐貴はまたあの臭いを嗅《か》いだ気がした。

しかしそれは、目に飛び込んできた光景にすぐにかき消された。

何も置かれていない、がらんとした和室。

その真ん中に、女性が一人、倒れていた。

3

紺色のワンピースに身を包んだ、髪の長い若い女性だった。胎児のように身体を丸めた格好で、部屋の中央に倒れている。

佐貴たちが呆然《ぼうぜん》と立ち尽くす中、アーネストが素早く倒れた女性に駆け寄っていく。

ふと佐貴は、女性の胸元に『あるもの』を見た気がしたが、屈《かが》み込《こ》んだアーネストの背中によってすぐに遮《さえぎ》られてしまった。

「その子、まさか……？」恐る恐るというふうに沖名がアーネストに尋ねる。

「大丈夫です。脈はありますし、呼吸もしています」

ほっと安堵の空気が流れたのも束《つか》の間《ま》、すぐにやるべきことに気づく。

「救急車を呼ばないと！」

うむ、と大槻が袂から携帯電話を取り出した。「わしが呼んでこよう」

部屋を飛び出して行く大槻。ドアが閉まる音を聞きながら、佐貴は沖名と顔を見合わせた。

「……何で出て行ったんだ、あの人？　携帯を持ってるなら、ここで電話すればいいのに」

さあ、と首を傾げながら佐貴は自分の携帯を確認する。電波はちゃんと届いていた。と、外階段の方で、激しい音と共に奇妙な悲鳴が聞こえた。

「何だ何だ」沖名が慌てて駆けて行く。

携帯を持って飛び出して行ったことといい、どうやら大槻はかなり動転していたようだ。もう一台救急車が必要な事態にならなければいいのだが。

「あーあ、大槻さん。何してるんですかー」

佐貴も廊下まで出かけたが、間延びした沖名の声に足を止めた。「大丈夫ですかー」と尋ねる沖名に、応じる大槻の声も聞こえる。

どうやら大事には至らなかったようだ。ほっとして佐貴は部屋に戻った。そうなると、やはりあの女性の方が気になる。

アーネストの腕に支えられた女性は、いまだ意識を失ったままだった。瞳は固く閉ざされていたが、表情は眠っているように穏《おだ》やかだ。よく見れば、色白の顔にはまだ幼《おさな》さがある。女性というより少女。たぶん高校生くらいだろう。

「あれ」佐貴は小さく声を上げた。

「どうかしたかい?」

「その子が胸に抱いてたやつ、お前どっかへやったか?」

先ほど、少女の胸元に見つけた『あるもの』が姿を消していた。

「……胸に抱いてたやつ？」

「俺の気のせいだったかもしれないけど、さっき――」

アーネストの腕の中で、少女がかすかに身じろぎをした。

会話を中断し、佐貴とアーネストはそろって彼女を注視する。

少女の目が薄く開いた。けれどまだ覚醒《かくせい》しきれていないらしく、ぼんやりと天井を見つめている。

「大丈夫ですか？」

アーネストが声をかけると、ふっくらとした唇が小さく開かれた。そこから出たのはしかし、言葉ではなかった。

ひと筋の水の流れのように澄んだ、歌声だった。

歌詞を持たない旋律はたちまち部屋を満たし、皮膚を通して心の奥深い場所にまで浸透する。

身体の内側を洗い流されたような、不思議な清涼感に佐貴の全身は包まれていた。それは、佐貴にとっては覚えのある感覚だった。まさか、こんな形で体感するとは思いもしなかったが。

歌声は不意に途切れ、力尽きたように少女は再び目を閉じてしまう。もしやと佐貴は慌てたが、その胸が穏やかに上下しているのを見てほっとした。

静寂を取り戻した部屋で、佐貴はアーネストを窺う。

眠りの中に戻ってしまった少女に、彼はどきりとするほど強い眼差《まなざ》しを注いでいた。

「…………」

4

到着した救急車に、少女は乗せられた。

救急車を呼ぶために部屋を飛び出した大槻は、階段を踏み外して数段を転がり落ちたらしい。大丈夫だと本人は主張したし、見た目にも大丈夫そうではあったが、年齢が年齢だ。付き添いついでに彼も一緒に検査をしてもらうことになった。

その大槻の付き添いとして沖名も強引に救急車に乗り込んで、彼らは病院へ運ばれて行ったのだった。

残った佐貴とアーネストは大槻家へ戻って夫人に事情を説明し、沖名から連絡が入ったところで彼女も連れて病院へ向かった。

けれど実際問題として、佐貴たちがやるべきことは何もなかった。目を覚ます気配のない少女は医師に任せるしかなかったし、大槻には夫人がついている。少女の入院手続きなどについても、「うちのアパートで起きたことですから」と夫人が引き受けてくれた。

結局、大槻夫人に後を任せて、佐貴たちは早々に病院を後にした。病院近くの店で昼食をすませた後、仕事の打ち合わせがあるという沖名とも別れ、佐貴とアーネストは《リーベル》に戻ってきた。

「しかしまさか、あんな展開になるとはな」

アイスティーの氷をストローでつつきながら佐貴は呟く。

定休日の店内は静かだった。客もいなければ秋重の姿もなく、大通りを行き交《ゆか》う車の音がBGMの代わりにかすかに聞こえてくる。

テーブル席はいくらでも空いているにもかかわらず、佐貴たちはカウンター席に並んで座っていた。習慣というのか癖というのか、やはりここが一番落ち着くのだ。

アーネストは左手の指先で唇の辺りをなぞりながら、ときおり思い出したようにミルクティーが入ったカップに口をつけていた。

「アーティはどう思う?」

尋ねると、指の動きをぴたりと止めてアーネストがこちらを見た。

「君の質問の仕方には問題があると思う」

「……悪かったな」

「あの部屋を見た感想ということなら、かなり人を巻き込みやすい性質を持つスピリットのようだね。何と言っても、君が体感したくらいだ」

幽霊、魂、精霊——そういったスピリチュアルなものを総称して、アーネストは『スピリット』と呼ぶ。

佐貴があの部屋で感じた奇妙な臭いはやはり、気のせいではなかったらしい。アーネストはもちろん、沖名と大槻も感じていたという。

それにしても、アーネストの言い方では佐貴がいかにも鈍《にぶ》い人間みたいではないか。もっとも、自分に霊感というものがないことは、佐貴も充分自覚してはいるのだが。

「あの部屋には、やっぱり幽霊が存在してたのか」

「幽霊というほどはっきりとしたものでも、強いものでもない。言うなれば思念……もしくは、夢のようなものかな」

「夢？」

「過去にあの場所で死亡した人間がいることは間違いないと思う。その人間が死の間際に思い浮かべたもの——死者の最期の夢が、あの部屋にはこびりついて残っているんだ」

「あそこで眠ると見るっていう、池の夢がそうなのか？」

「死者が生前どこかで実際に目にしたものなのか、心象風景に過ぎないのかはわからないけどね。でも、ああした臭いまで感じるということは、実在するものなのかもしれない」

「どっちにしても、俺だったら死ぬ間際にはもっといい夢を見たいけどな」

「生きているうちは皆、そう思うさ。だけど実際には、なかなか難しいんだろうね」

「死者の最期の感情は、綺麗なだけのものではないから――か」

以前、アーネストが言っていた言葉だ。口元にどこか寂《さび》しげな微笑を浮かべ、「そうだね」とアーネストは頷いた。

だからこそ、アーネストのような人間が必要なのだ。死者の夢を見つけて、すくい上げる存在が。

死者。その単語が、佐貴の中にひとつの姿を浮かび上がらせる。

「沖名さんのことだけど……」言ってから、いやとすぐに思いとどまり、佐貴はグラスに残っていたアイスティーを飲み干した。

「あの人は、『彼』ではないよ」

佐貴は弾《はじ》かれたようにアーネストの横顔を見つめる。淡々とした様子で、アーネストはポットに残る紅茶をカップに注いだ。

「似ていたとしても、別人だ」

佐貴の未練を断ち切るような、冷ややかなアーネストの言葉だった。いや、もしかすると彼が断ち切ったのは、佐貴ではなくて自分自身の未練だったかもしれない。彼もまた、佐貴と同じことを感じたようだから。

強引で、図々《ずうずう》しくて。迷惑だと思うのに、なぜか憎めない。そんな沖名の背後に、佐貴はいつも別の姿を見てしまう。

今から一年ほど前のことだ。藤村透基《ふじむらとうき》という画家が建てた奇妙な回廊を持つ家で、佐貴たちはある事件に巻き込まれた。その時に鳥出秀一郎《とりでしゅういちろう》という男と出会い——そして、別れたのだ。

見た目はまるで似ていないし、職業はもちろん年齢だって違う。それでも佐貴は、沖名と接するたびに思ってしまう。もしも彼が生きていて、店に来ることがあったら、こんなふうだったのだろうかと。

わかっている。それは沖名と鳥出、両者に対して失礼なことだ。それは充分にわかっているのだが——

「ところで君」

アーネストはそっけない口調で話題を変え、佐貴の思考を強引に引き戻した。「あのアパートの部屋にいた時、倒れていた少女が胸に何かを抱《かか》えていたと言ったね」

「え？　ああ……」そういえばそうだった。すっかり忘れていた。

「何を見たんだい？」

「目の錯覚だったかもしれないけど……。人形、みたいに見えたんだ」

「どんな人形？」

「どんなって言われても」佐貴は頭を掻《か》きながら、「すぐにアーティの背中で遮られたし、次に見た時にはもうなくなってたから、ちゃんとは確認できなかった。西洋人形っぽい感じはしたけど」

「まさか、あれまで君に見えていたとはね」アーネストは吐息をつく。

「って……じゃあ、アーティにも見えてたのか?」

「ああ。ピンクのドレスを着たブロンドの人形が、少女の胸元には確かにあったよ。でも、すぐに消えてしまった。実体があるものではなかったみたいだね」

「幻だったっていうのか?　あれが?」

「あの部屋のスピリットが極めて人と同調しやすいものだったために、普段はそうしたものを感知することのない君にも臭いを感じることができたし、人形を見ることもできた。恐らくは、そういうことだと思うけれど……」

指先で唇をなぞりながら、アーネストは右手にある柱の方に目を向ける。その目線の意味と、彼が考えているであろうことを、佐貴はすぐに察した。

柱の向こう側——壁際にある飾り棚の上には、ガラスケースに入った一体のビスクドールが飾られている。

モスグリーンのワンピースに身を包んだ、大人びた顔立ちの少女の人形だ。

ジェラール・アンティーニという異国の人形師によって作られた人形。彼の人形には、持ち主を魅了し、その運命を狂わせるという不気味な噂がつきまとっている。

実際、佐貴がこれまで目にしたことのある彼の人形は、すべて人の死を目の当たりにしてきたものたちだった。

この店の人形——ウインクルムに至っては、自らの創造主が焼け死ぬさまを見届けた。今は綺麗に直されているが、英国のアトリエの火事でジェラール・アンティーニが命を落とした時、現場に置かれていたウインクルムも炎にまかれ、かなり悲惨な状態になったらしい。

「あの子が抱いていたのは、アンティーニの人形だったかもしれない。そうアーティは考えてるんだろ」

正確に言うなら、人形の幻ということになるが。

少女の胸に人形らしき姿を見た時から、同じことを佐貴も思ったのだ。西洋人形を見るとすぐにアンティーニと結びつけてしまうのは過敏にすぎると思っていたが、どうやらアーネストも同様だったようだ。

「そうでないことを願いたいけれどね。僕が見たのも一瞬だったから、クロスの有無さえ確認することができなかった」

アンティーニの人形には、中央に銀のメダルをはめ込んだ金色の十字架のペンダントがつけられている。

「もしアンティーニの人形だったら……あいつが関わっている可能性があるってことだよな」

佐貴たちが警戒するのは、不吉な噂がつきまとう人形そのものではない。背後で蜘蛛《くも》のように密《ひそ》かに糸を張り巡らせて獲物を待つ、一人の男の存在だ。

ジェラール・アンティーニの弟子であり、現在その名を継いでいる人形師・三神京司《みかみきょうじ》。三神は、アーネストを標的にしている。

ジェラール・アンティーニは、本名をジェラルド・アルグライトといった。その名前からも明らかなようにアルグライト家の人間であったが、彼は異端者として一族とは対立する立場にあったらしい。

アーネストは自身や家のことをほとんど話そうとしないので、佐貴も詳しいことは知らないのだが、アンティーニの死はその対立と無関係ではなかっただろうと察せられる。

三神は師匠のアンティーニの死に、アーネストが関わっていると思い込んでいた。現状でその誤解がきちんと解けているかは定かでないが、アルグライト家の跡継ぎである以上、三神にとってアーネストが憎むべき対象であることに違いはないだろう。

つまるところ、元凶はアルグライトという家にある。

代々続く霊媒の家系でありながら、伯爵という爵位を持つ家。元来、霊媒という存在は娯楽のひとつとして貴族の屋敷に招かれることこそあっても、自身が爵位を持つということは歴史的に見てもあり得ないはずだ。

矛盾を孕《はら》むその家は、謎《なぞ》という名の濃い霧に覆《おお》われている。佐貴たちの目に見えるのは

『優秀な霊媒』や『伯爵家』といった、表につけられた看板だけだ。けれどそこからはたまに、死臭にも似た深い闇《やみ》の臭いが漂ってくる。

その臭いから、アーネストは佐貴を遠ざけようとする。

佐貴だけではない。アーネストは人と深く関わること、人が自分に深く関わることを避けようとする。

アルグライト家の人間は出会った相手を魅了し、その運命を狂わせる――

ジェラール・アンティーニことジェラルドは、それを『呪い』と称していたという。自分たちは生きる『呪い』なのだと。

アンティーニの人形に似たような噂がつきまとっているのは、制作者であるジェラルドがアルグライト家の人間であったからに他ならない。

アーネストはその『呪い』というものに、誰よりも強くとらわれている。

自分と関わることで相手が運命を狂わせていくこと。自分と共にいることで佐貴が事件に巻き込まれ、傷つくこと。彼はそれを何より恐れているのだ。

「君には関係ない」「君は関わるな」。アーネストは二言目には必ずそう言う。もはや彼の口癖と言ってもいい。

三神はそうしたアーネストの思いを知った上で、あえて佐貴を巻き込もうとする。

あの男のやり方は陰湿だ。肉体的ではなく精神的に、直接的ではなく間接的にアーネストをなぶってくる。自分の存在はアーネストにとって、時に弱点や枷《かせ》となり得るのかもしれない。でも、だからといってアーネストから離れてしまってはならないと佐貴は思う。アーネストは強い。けれど同時に、ひどく危うい一面を抱えてもいる。

彼を支えられる力が自分にあるかどうかはわからない。それでも、枷であるがゆえにストッパーになっているという自負が佐貴にはある。

彼を『こちら側』へとどめておくためのストッパーだ。『こちら側』というのが何なのかは佐貴自身、よくわかってはいないのだけれど。

「でもまあ、とりあえずはあの子が目を覚ますのを待つしかないよな」

グラスに残った氷を口に含み、噛み砕きながら佐貴は言った。

現時点で少女の素性は不明のままだ。彼女は手荷物はおろか、財布やパスケースなども身につけていなかった。アーネストいわく髪や服が湿っていたということだが、昨夜の雨に濡れたのか、あるいは川にでも落ちたのか。目立った外傷はなさそうで、その点は幸いだったが。

とにかく、何もわからないのだった。あの少女がどこから、どのようにやってきて、なぜあの部屋で倒れていたのか。

そして、あの歌のことも。

佐貴は思い出す。少女の歌声によってもたらされた感触と、彼女に注いでいた、あの時のアーネストの驚きを含んだ強い眼差しを。

彼女のあの歌は、確かに――

「明日、様子を見にまた病院へ行ってみるよ」

アーネストの言葉が佐貴の思考を中断した。ああ、と応えるより早く、

「君は、付き合う必要はないけどね」

例によってアーネストは、そんな言葉をつけ加えた。

第二章　儚《はかな》い時間

1

翌日。佐貴は午後一時半に、少女が入院している病院に到着した。

開店準備をしている時に沖名から電話があり、少女が目を覚ましたと伝えられたのだ。病院から大槻夫人に連絡があり、それを受けて夫人が沖名に連絡をしてきたらしい。三人の代表は沖名だと認識されているようだ。年齢や外見など総合的に判断すれば仕方がないかもしれないが、佐貴としてはどうにも納得のいかない部分がある。

面会は午後一時からということで、沖名やアーネストは——彼には佐貴から連絡をしたのだ——ひと足先に来ているはずだった。佐貴は慌ただしい昼時をやり過ごしてから、秋重に店を任せて出てきたのである。

入り口の自動ドアを抜けると、ロビーのソファにさっそく沖名の姿があった。佐貴に気づいて腰を上げ、「やあ」とにこやかに近づいてくる。

「待ってたよ。さっき店に電話をしたら、もう出たって秋重君が言ってたから、そろそろ到着するかなって思ってさ」

「沖名さん一人ですか？」

「いや、アーネスト君も来てるよ。あの子と一緒に中庭にいる。大槻さんの奥さんは午前中に来たらしいね。ちなみに大槻さんは、今日は自宅で安静にしてるって」

「安静って、どこか問題があったんですか？」

「検査の結果は異常なしだったそうだけど、右足首を捻挫《ねんざ》したとかでね。今日になってずいぶん腫《は》れて、おとなしくしていなさいと奥さんに言われたみたいだよ」

その光景が目に浮かび、佐貴は思わず苦笑した。

「でも、よかった。中庭にいるってことは、あの子も元気なんですね。身体が濡れてたって昨日アーティが言ってたから、風邪をひいてなければいいなと思ったんですけど」

「至って元気そうだよ。身体の方は」

「そうですか」

佐貴はほっと安堵の息をついてから、「『身体の方は』って？」

「それこそ、ちょっと問題があってね」沖名は首の後ろを掻く。

「問題？」

「結論を言うと、何もわからないままなんだよ」

「何も話したがらないってことですか？」

「というか、本当にわからないみたいなんだよね。どうしてあの部屋で倒れていたのかってことだけじゃなく、自分がどこの誰なのかってことも」

「それって、まさか……」

うん、と沖名は頷いた。「俗にいう記憶喪失ってやつだね」

「そんなことって……あるんですか？　現実に？」

漫画やドラマの中の話ではなかったのか。

「あるんだね。僕も驚いたよ」

「頭を怪我《けが》しているようには見えませんでしたけど……」

「うん。怪我はしていないみたいだよ。ＭＲＩの結果も特に問題はなかったらしい。だから原因は、精神的なものなんじゃないかってさ」

「精神的……？」

「百聞は一見に如《し》かずだ。とにかく、本人に会ってごらんよ」

沖名と共に廊下を歩いていると、目指す中庭の方向から楽器の音色が聞こえてきた。

「何か、綺麗な音楽が聞こえるね。この音はヴァイオリンかな」

廊下にいる人々もその音に気づき、ある者は足を止めて耳を澄まし、ある者は引き寄せられるように音の源をたどって歩いて行く。

「アーティですよ」

佐貴にはすぐにわかった。こんな音を出せる人間は他にいない。人の心を一瞬にして惹《ひ》きつけ、その世界に包み込んでしまうような音。思ってから、いやと否定する。もう一人と、佐貴は昨日出会ったのだった。

果たして中庭には、ヴァイオリンを奏《かな》でるアーネストの姿があった。

彼が演奏している目の前のベンチには、淡いピンク色のパジャマを着た昨日の少女が座っている。彼女は半ば呆然と、半ばうっとりとして彼が生み出す旋律に聴き入っていた。

やわらかく温かなうねりが、ゆりかごとなって優しくすべてを包み込んでいく――そんなイメージが頭に浮かぶ。彼が奏でているのは、異国の子守歌だった。

そう、これだ。あの部屋で聞いた少女の歌声も、このヴァイオリンと同じだった。曲は違うが、同じ性質を持っていた。

それにしても……佐貴は信じられない思いで目の前の光景を見つめる。

アーネストにとって、ヴァイオリンは浄霊を行うのに欠かせない道具だ。

彼はヴァイオリンの『音』でもって場を浄化する。死者のスピリットを慰め、浄化へ導く彼の音色は強い力を持っている。だからアーネストは、自分の音色を生きた人間に聞かせることを好まない。稀に、麻薬のような効果を相手に与えてしまうことがあるからだ。

にもかかわらず彼は今、ヴァイオリンを弾《ひ》いている。よりにもよってこんな場所で。

短い演奏が終わり、刹那《せつな》の無音を経《へ》て周囲がもとの音を取り戻す。鳥のさえずり、葉を揺らす風の音。アーネストの旋律を前に息をひそめていたそれらが活動を再開する。足を止めていた人々もまた、拍手を残して自分たちの動きに戻っていく。

そんなことは気にもとめず、アーネストは優しい温《ぬく》もりをもった眼差しをベンチの上の少女に注ぐ。それに応じて、少女も花が開くように微笑《ほほえ》んだ。

透明な世界が二人を包んでいた。それはとても儚いものに佐貴には思えた。シャボン玉のように、壊れて消える前提の上で存在している世界。

一秒でも長く、佐貴はその世界をとどめておきたいと思ったのだが、

「いやあ、いい演奏だったよ」

ぱちぱちと手を叩きながら、沖名は二人がいるベンチへ近づいて行った。

アーネストと少女の顔がこちらを向いた瞬間。ぱちんとシャボン玉が弾けて割れる音を佐貴は聞いた気がした。

ベンチに座った少女が、戸惑い顔で小さく頭を下げる。

元々の色なのだろうか。首の後ろでひとつに束ねられた長い髪は赤みがかっていて、やわらかく波打っている。目の上で切りそろえられた前髪もふんわりと軽やかに額を覆っていた。明るい茶色をした目はぱっちりと大きくて、アーネストと並ぶとよくできた一対の人形のようだ。

「彼が佐貴ですよ」ベンチに置かれたケースにヴァイオリンをしまいながら、アーネストが少女に言った。「先ほど説明した、喫茶店のマスターをしている僕の友人です」

幼い頃からのしつけの賜物《たまもの》らしく、女性に対する時には自然と口調や物腰がやわらかくなるアーネストだが、この少女に向けられる眼差しや言葉には普段以上の優しさが込められているようだった。

「竜堂佐貴です」佐貴は改めて自己紹介をする。

「佐貴さんも、わたしを助けてくれたんですよね」

ありがとうございます、と少女はベンチの上で深々と頭を下げた。その時、彼女の白い首筋——髪を束ねたことであらわになった首の後ろのやや右寄りに、赤紫色のものがちらりと見えた。傷かと思ったが、どうやら痣《あざ》のようだ。U字がいくつか連なった、ウロコのような形をした痣だった。

「助けたというか……居合わせただけで、俺自身は特に何もしてないんですけど。でも、元気そうでよかったです。怪我もないということだし」

「はい。身体には、どこも異常はないみたいです」

でも、と少女は目を伏せる。

「わからないんです。アパートで倒れていたと言われても、どうしてそんなところへ行ったのか……。それどころか、自分がどこの誰なのかさえ」

慰めるように、アーネストがそっと彼女の背に手を添えた。

「たったひとつ……セイレンっていう名前だけは、覚えているんですけど」

「セイレン？」

「聖なる蓮《はす》と書いて、聖蓮《せいれん》。真っ白な頭の中に、その名前だけ浮かぶんです。それが自分の名前なのかどうかは、わからないんですけど」

「それで僕たちは、彼女を聖蓮ちゃんと呼ぶことにしたんだけどね」

沖名は佐貴に向かって言ってから、

「何もわからないのは不安だろうけど、きっと一時的なものだよ。すぐに記憶を取り戻せるさ」

大丈夫、と少女――聖蓮に向かって明るい笑顔を投げかけた。

「そうだ。これ、持ってきたんですけど。食べられるかな」

佐貴は手に持っていた紙袋を掲げてみせ、「マフィンです。見舞いに花っていうのもありきたりだと思って」

「……佐貴君が焼いたの？」沖名が微妙な視線を向けてくる。

「そうですけど？　あ、紅茶も持ってきましたよ」

佐貴はショルダーバッグから魔法瓶《まほうびん》と、ホルダー付きの紙コップを取り出す。

「佐貴君になかなか彼女ができない理由、わかった気がするな」

ため息まじりの沖名の言葉が、ぐさりと佐貴の胸のど真ん中に突き刺さる。

「余計なお世話ですよ。っていうか、俺になかなか彼女ができないなんてこと、何で沖名さんが知ってるんですか」

「そりゃあ、見てればわかるよ。佐貴君て、デートの時にも手作りのお菓子とか持ってきそうだ」

「持っていきませんよ！」

「花見の時なんかは、率先してお弁当を作ってきそうだしね」

「それは……」

「作ってきましたよ」

口を挟んだのはアーネストだ。「デザートにアップルパイも焼いてきました」淡々といらぬことまでつけ加えてくれる。

「お菓子作りのやたらうまい男って、女の子的にはどうなのかな」

ねえ？　と沖名が聖蓮に振る。

「そんなこと言ったら、パティシエはどうなるんですか」

「パティシエはプロじゃないか」

「俺だって一応、プロなんですけど」

むすりと言った佐貴に、くすっと聖蓮が小さく笑った。「わたしは、いいと思います」

佐貴が持ってきた紅茶とマフィンは、幸い皆に気に入ってもらえたようだった。

アーネストは黙々と食べていたし、お菓子作りのうまい男はうんぬんと言っていた沖名は、「もう一個ないの？」などと言って佐貴のぶんまでぺろりと平らげた。

「すごくおいしいです」と聖蓮が喜んでくれたことが、何より嬉《うれ》しかった。

他愛《たわい》のないおしゃべりの合間に佐貴はあの歌のことを聖蓮に訊いてみたが、自分が歌を歌ったということも、彼女は覚えていないようだった。

それでも菓子の効果もあって、佐貴たちは短時間で彼女とだいぶ打ち解けることができた。

病室まで戻る間も聖蓮はずっと笑顔を見せていたが、「それじゃあ、そろそろ」と佐貴たちが帰ろうとすると、すがるようにアーネストの服の裾《すそ》を掴んだ。

独《ひと》りになることが不安なのだろう。アーネストの服を掴んだまま、彼女は無言でうつむいている。

「また明日、来ますよ」言って、アーネストは聖蓮の手に自らの手を重ねた。

「……本当に？」

アーネストはベストのポケットを探り、懐中時計を取り出した。彼の家に代々伝わるもので、蓋《ふた》の部分にはアルグライト家の紋章である三つ首のフクロウが彫刻されている。

外したそれを、アーネストは聖蓮の手に握らせた。

「必ず会いにきます。これは、約束の印ですよ」

大切な時計を彼女に託し、アーネストはにっこりと微笑んでみせた。

2

病院を出た足で、佐貴たちは大槻家へ向かった。

もう一度《コーポ大槻》の二〇二号室を見てみたいとアーネストが言ったからだ。やはりと言うべきか、佐貴が付き合うことにアーネストはいい顔をしなかった。

といって、佐貴としてもあっさり引き下がるわけにはいかない。大槻を見舞うという口実を設けて半ば強引についてきた。同時に、沖名というオマケもついてきてしまったが。

「遅かったな」

にこやかに迎えてくれた夫人に案内され、庭に面した座敷に行くと、縁側の手前に置かれた椅子の上にむっつりとした大槻の姿があった。

「電話では十分ほどで着くと言っていたのに。あれから十三分経っとるぞ」

「すいません」苦笑しながら、佐貴は素直に謝る。

大槻の右の足首には包帯が巻かれていて、その状態でも腫れているのがはっきりとわかった。けれど本人は元気そうだ。思うように動けないせいか、機嫌はあまりよろしくなかったが。

「お前さんの顔を見ると、クリームソーダが飲みたくなるな」

むすりとした顔のまま、佐貴に向かって大槻は言う。

「足がよくなったら、また店に来て下さいよ」

「あれは、家では作れんもんなのか？」

「作るのは簡単ですよ。材料さえあれば」

「材料というのは？」

「メロンシロップと炭酸水。それから、アイスクリームですね」

「うちにはアイスしかないな……」

「無理を言うんじゃありません」

襖が開いて、盆を手にした夫人が入ってきた。緑茶が入った湯呑《ゆの》みと、上品な小ぶりの饅頭《まんじゅう》。それから佐貴たちの手土産の芋羊羹《いもようかん》を座卓に置く。

「この人の言うことは適当に聞き流して下さい。退屈だからって、我がままばかり言ってるんですから」

大槻は子どものように唇を尖らせ、ふいと顔をそむけた。

「あの娘さん、記憶喪失になっとるそうだな」

夫人が下がると、大槻はさっそく饅頭を口に放り込んだ。

「聖蓮という名前だけは覚えてるみたいなんですけどね」

応え、沖名もひょいと饅頭を口に入れる。

「うちのやつからそのことを聞いて、考えたんだが」

大槻はがぶりと湯呑みの茶を飲み、「そのまま記憶が戻らんようなら、うちで引き取ろうと思っとる」

「はい？」

佐貴と沖名の声が重なった。アーネストは座卓に向かってきちんと正座をして、優雅な手つきで湯呑みに口をつけている。

昨日の今日で、その決断は早すぎないか。

「でも、こういう状況になれば病院から警察の方に連絡がいくでしょうし。記憶が戻らなくても、素性は明らかになると思いますよ。彼女は未成年みたいだから、家族もきっと心配してるでしょう。捜索願も出されているんじゃないかな」

言って、沖名は今度は芋羊羹にかぶりつく。

「そうか……」それはそうだな、と頷く大槻からははっきりと落胆の色が窺えた。聖蓮を大槻家に迎え入れることを、彼はかなり積極的に考えていたようである。

「《コーポ大槻》の問題の部屋について、伺いたいことがあるのですが」

聖蓮の話題が一段落したところで、アーネストが口を開いた。

何だ、と応えつつ、大槻は椅子の上から手振りで何かを催促する。察し、佐貴は芋羊羹を渡してやった。

「あの部屋では、過去に死者が出ているはずです。腐った水の臭いを嗅ぎ、池の夢を見るというのは、部屋にとどまるその方のスピリットの影響だと思われます」

「すぴりっと?」首を傾げる大槻に、死者の霊や念、魂などといったものを指す彼特有の言い方なのだと佐貴は説明してやった。

「大槻さんは、スピリットの正体に心当たりがあるのでしょう? 僕が見たところあなたは、怪奇現象によって人が入らなくなったあの部屋を、さほど持て余しているふうではありません。専門家に相談をして問題を取り去ろうとすることもなく、むしろ愛着を持って大切に守ってきたふうに思えます。今回僕に相談をしたのも本当のところは、アパートを取り壊すことになってしまったので、せめて最後にその想《おも》いを知りたい。聞いてやりたい。そう思ったためなのではありませんか?」

聖蓮をこの家に迎え入れたいと大槻が思うのも、あの部屋のスピリットが最後に自分に託したもの、遺《のこ》したものだという思いがあるからなのかもしれなかった。

「……もう、十四年ほど前になる」

しばし黙り込んだ後に、大槻は重い口を開いた。「当時、あの部屋には辻《つじ》という独身の若い男が住んでいた。若いといっても、三十四、五にはなっとったと思うが」

やはり五月の、ゴールデンウィークの頃だったという。

最初に異変に気づいたのは、隣の部屋の住人だった。旅行で数日家をあけて戻ってきたその住人は、隣の二〇二号室から生ゴミが腐ったような臭いを嗅ぎ取った。チャイムを鳴らしてみても、返事はない。

ゴミの始末をきちんとしないまま出かけてしまったのだろうと、しばらくは我慢をしていたが、当時は夏を先取りしたような暑い日が続いていた。臭いはどんどんきつくなっていく気がする。二日ほど待っても部屋の主は帰ってこない。ついに耐えかねて、その住人は大家の大槻に訴えた。

そうして大槻が二〇二号室の鍵を開けて中へ入ったところ、奥の四畳半で倒れている辻を発見した。彼は既に死亡しており、遺体は強い腐臭を放っていたという。死後一週間ほどが経過していたらしい。

「あいつは病《やまい》を患っていて……その前の年の七月に余命一年という宣告を受けていたそうだ。わしは、ちっとも知らんかった。確かに瘦《や》せていたし、あまり顔色もよくなかったが……元々こんなふうなのにいつも病気に間違われるんだ、なんて笑いながら言うから……それを信じてしまっていた」

「辻さんがあの部屋に越してきたのはいつ頃ですか？」アーネストが問う。

「死ぬ前の年の八月だ。あいつは結局、一年もあのアパートにいなかった」

「ということは、余命宣告を受けたひと月後に引っ越してきたことになりますね」

「そうだな。仕事をしなくても生活できるところを探したのかもしれん。あのアパートはとにかく古いから家賃はかなり安くしてあって、学生や独り者の男には人気があった」

「辻さんには、ご家族は？」

「おらんかった。あいつは施設育ちだったみたいでな。色々と苦労もしてきたようだが、そういうことは一切口にしないやつだったよ。いつもにこにこ笑って、わしのつまらん長話にも付き合って……。そんなふうだから、わしもついお節介を焼いた。うちで飯を食わせたりな。あまり世話を焼きすぎると、かえって迷惑になるとうちのやつからは言われたが、あいつは喜んでたよ。父親ができたみたいで嬉しいと言ってな。そう言われると、それなら父親になってやろうと思うじゃないか」

でも、と大槻は椅子の上で力なく肩を落とした。

「わしは肝心なことを何も知らなかったし、何もわかってやれんかった……」

彼の容態に気づかず、孤独に死なせてしまったことを悔《く》やんでいるのだろう。だからこそ辻の気配が今も残っているように感じられ、大槻はあの部屋を大切にしてきたに違いない。

「あの部屋には辻の霊がいるのか？　死んだ後もあの世に行かれずに、あいつはずっとあの部屋にとどまっているのか？」

込み上げる思いと共に、大槻はアーネストに問いをぶつける。アーネストは静かな瞳でそれを受け止めて、

「辻さんの霊というのとは少し違います。本人がそのままの姿でとどまっているわけではありませんから。あそこに残っているのは、言うなれば辻さんの心のかけらです。彼が最期に浮かべた想い。感情。そういったものが、残り香のように染みついているのです」

「あいつは……あんなものを思い浮かべて死んでいったというのか……」

無念そうに首を振る大槻。森の中の陰気な池。腐った水の臭い。心穏やかに死んでいった人間はたぶん、そんなものは思い浮かべないはずだ。

「辻さんというのは、何をしていた人なんですか？」

重い沈黙を押しのけるように、沖名が素朴な疑問を口にした。

「あのアパートにいた頃は何もしていなかったみたいだが……以前は水取市で生協の配達員をしていたと言ってたな」

「水取市……神奈川県か」呟き、沖名は前髪をくしゃりと軽く掻き回す。

「わしはどうすればいい？」

大槻はすがるようにアーネストを見た。「取り壊す前にお祓《はら》いをした方がいいのか？あいつのために、何をしてやればいいんだ？」

「あのスピリットは人に害を及ぼすほどの強い力は持っていないようですから、そのまま

取り壊しても問題が起こることはないでしょう」

アーネストは答えてから、「ですが」と言葉を続けた。

「スピリットのためを考えた場合には、よりふさわしい方法があるかもしれません。判断のためにも、もう一度あの部屋を見せていただきたいのですが。よろしいですか？」

3

二〇二号室の鍵を借り、自分も行くと言い張る大槻を夫人に託して、佐貴たちは《コーポ大槻》に向かった。

佐貴はもちろん、沖名もまた当たり前の顔でついてくる。成り行きからして仕方がないのだが、大槻夫妻にはすっかり三人組と認識されてしまっている。

この状態はいかがなものか。かといってここで「帰ってくれ」と言ったところで、素直に帰ってくれるはずもなかったが。

昨日は開いていた二〇二号室の鍵は、今日はちゃんとかかっていた。借りた鍵を使って、アーネストがドアを開ける。

こもった空気の匂《にお》いが鼻先に触れたが、あの不快な臭いは感じなかった。

「こう見ると、至って普通の部屋なんだよね」

手前の六畳間に入ると、沖名はぐるりと室内を見回した。

仕切りの襖は、昨日開け放った状態のままになっている。四畳半には今日は誰も倒れていない。少女も、男も。

アーネストはそちらへ行くと、部屋の中央に佇んで静かに目を閉じた。

「いいな。何か、それっぽい」

六畳間にあぐらをかいて、沖名は見物客を決め込んだ。「ああやって霊と交信しているんだね」

「ここにいるのは霊っていうほどはっきりしたものじゃないってことだし。交信というよりは、残り香を嗅ぐのに集中してるってとこだと思いますけど」

「残り香を嗅ぐのに集中してる……何かイヤだな、その言い方」

佐貴としては、アーネストの言い方に倣ったつもりなのだが。

アーネストが目を開き、ちらとこちらを見た。外野がうるさかったかもしれない。

そのままアーネストは、六畳間の方へ戻ってくる。

「もう終わったのか?」佐貴は尋ねた。

ああ、とそっけない答えを返すアーネストは、この場に沖名はもちろん、佐貴がいることも快く思っていない。

「スピリットの力は、昨日よりもだいぶ弱まっている。恐らくもう、この部屋で臭いを嗅いだり、夢を見たりすることはないはずだ」

「ここはもう、怪奇現象が起こる部屋ではなくなったということ?」

あぐらをかいたまま、アーネストを見上げる格好で沖名が問う。

「そうですね。完全に消えてしまったわけではありませんが、よほど鋭い人間でなければ感知することはできないでしょうし、影響を受けることもないでしょう」

「でも、どうしていきなり弱まったんだ?」

佐貴には解《げ》せなかった。これまで何年も怪奇現象が起こり続けてきた部屋なのに。

「聖蓮に対して力を使ったせいだろう」

「彼女をここに呼び寄せたってことか」

「それもあるかもしれないけれど……」

口元に手をやり、アーネストは黙り込む。

「何だよ?」

「もしかすると、聖蓮の記憶を封じたのかもしれない」

「彼女が記憶喪失になったのは、辻さんのスピリットの仕業だって? そんなこと、できるものなのか?」

「スピリットというのは、人の肉体に直接働きかけることはできないけれど、精神に働きかけることはできるからね」

彼女の記憶喪失は、精神的なものが原因ではないかと言われている。

「もし本当にそうだとしたら、辻さんのスピリットはどうして彼女の記憶を封じるなんてことをしたんだ？」

「そこまではわからない。今はもう、彼のスピリットと交信できる状態ではないしね」

「交信するために、力を強めてやらなきゃいけないパターンか」

弱まった状態のスピリットにへたに働きかければ、消滅させてしまうことになる。生きた人間のエネルギーというのはそれだけ強力なのだと、佐貴は以前アーネストから聞いた。

「そのスピリットの強い念が宿ったものを探して、込められた念の力を加えてやればいいんだったよな」

「このままアパートと共に静かに消えゆくことも、ひとつの方法かもしれない」

意外なアーネストの言葉だった。「え？」と佐貴は彼を見る。

「少なくとも、辻さんのスピリットには抵抗する意志は感じられない」

「だけど……それじゃあ、大槻さんの気持ちはどうなるんだよ？」

「生きた人間の感傷や満足のために、消えゆこうとしているスピリットをいたずらにこちら側へ引き戻すような真似《まね》はしたくない。僕の仕事は生者のためではなく、あくまで死者のためにあるものだ」

それだけ言うとアーネストは、佐貴の脇をすり抜けて玄関の方へ引き返して行った。

彼の手にはヴァイオリンが入ったケースが提《さ》げられていたが、ここでは出番はなかったようだ。

それとも——ここに持ってきたのが「ついで」だったのだろうか。アーネストはこの場所で使用するために今日ヴァイオリンを持参して、ついでに病院でも奏でたのだと佐貴は思っていたが、彼は最初から聖蓮に聞かせるつもりで持ってきていたのかもしれない。

同じ『音』を持つ彼女に、自らの音を聞かせるために。自分たちは「同じ」なのだと伝えるために。

「もう終わりかい?」

拍子抜《ひょうしぬ》けしたふうに、沖名がアーネストの背中を見送る。「僕としては、悪霊との激しいバトルシーンを期待してたんだけど」

「……そんなシーン、俺だって見たことありませんよ」

「本物ってのは、案外地味なんだなあ」

仕方ないと言いたげに沖名は立ち上がった。「僕たちも行こうか」

玄関に向かいながら、佐貴は一度だけ四畳半の方を振り返る。

綺麗に掃除された座敷は、沈黙の中にすべてを隠して、静かに終わりの時を待っているようだった。

4

「それでアパートの件は終了？」

その夜。閉店時間の午後九時を過ぎた《リーベル》のカウンターで、缶ビールを片手に秋重が言った。

店を任せたこともあるので今日は早めに上がらせようとしたのだが、結局いつものようにこの時間まで居残っている。彼には、『仕事終わりの一杯』が何よりの褒美《ほうび》になるらしい。

ちなみにこの店に常備されたアルコールは、調理に使うものを除けばすべて私的に楽しむためのものだ。

「大槻さんは納得したの？」

「そりゃあ、納得はしてないみたいだったけどさ」

あの後、鍵を返すために佐貴たちは大槻家へ戻り、そこでアーネストは自らの結論を大槻にも伝えた。「うむ……」と難しい顔で黙ってしまった彼の姿を佐貴は思い出す。

「だからってどうしようもないだろ」

もっとも、アーネストもこれでお役御免というわけではない。聖蓮が抱いていた人形のならない。

幻のことがある。あれがアンティーニの人形であるかどうかは、ぜひとも確かめなければ
「とにかく、聖蓮ちゃんの素性がわからないことにはさ」

「そうだねえ」秋重は皿に盛ったさきいかをつまみ、「警察にはもう連絡してあるの？」

「病院の方からしてると思う。今のままじゃ、向こうとしても困るだろうし」

そんな話をしていると、コツコツという音が入り口の方から聞こえた。

佐貴たちの顔が反射的にそちらを向く。ドアがノックされたようだが、表のプレートは『CLOSED』にしてある。誰だろうと思いつつ、佐貴はドアの方へ向かう。

「こんばんは」

開いたドアの向こうには、スーツ姿の男が立っていた。佐貴を見ると、気さくな笑みで片手を上げる。

第二ボタンまで外されたワイシャツに、だらしなく結ばれたネクタイ。顎にはうっすらと無精髭《ぶしょうひげ》が浮いていて、スーツを着ていても到底サラリーマンのようには見えない。着こなし以上に目つきの問題だ。やや目尻《めじり》の下がった目は一見、草を食《は》む草食獣のように穏やかだが、その実、瞳の奥には獲物を狙《ねら》うハンターのような鋭い光を常に忍ばせている。

「連城《れんじょう》さん」佐貴は相手の名を呼んだ。

警視庁の多摩支部に勤務する刑事、連城柾《まさき》だった。

いわゆる『捜査一課の刑事さん』ではなく、資料管理課犯罪捜査対策係なる得体の知れない部署に所属している。本人いわく、「限りなく窓際に近い部署」だそうだ。

アーネストのことを『霊媒探偵』と呼び彼のファンを自称する連城は、この店のことも気に入ってくれていて、たまに気が向くと仕事終わりに勤務地である立川《たちかわ》からわざわざ足を延ばして来てくれる。もっとも、常に言葉に揶揄《やゆ》をつきまとわせて真意を読ませない相手なので、「ファン」というのもどこまで信用していいのか微妙なところではあったが。

「閉店したところを申し訳ないが、ちょっと中に入れてもらっていいかな?」

いつになく遠慮深い物言いだった。「どうぞ」と佐貴は彼を中へ通す。

「ああ、連城さん。いらっしゃいませ」

入ってきた連城を見て、秋重がにこやかに挨拶する。彼も連城とは既に顔なじみだ。

「何だ。てっきり後片づけをしているものと思えば」

カウンターに置かれた缶ビールとつまみを見て、連城は呆《あき》れたような声を発した。

「仕事終わりの楽しみなんですよ。特に秋重の。連城さんもどうですか?」

「そうと知っていれば、車では来なかったんだがね」

「じゃあ、コーヒーを淹《い》れますね」

悪いねと応えてカウンター席のひとつに腰を下ろした連城は、勝手知ったる様子で灰皿を手元に引き寄せ、シャツの胸ポケットから煙草《たばこ》を取り出した。

「ところで、今夜は何か？」

電動のミルに豆をセットしながら佐貴は問う。「ただの客として来たってわけではなさそうですけど」

アーネストと違い、連城はわざわざ閉店後を狙ってやってくるようなことはしない。

「また、おかしなことに関わっているそうじゃないか」

ふうっと連城は煙を吐き出して、「今度は記憶喪失の少女だって？」

「……情報が早いですね」

「うちは仮にも資料管理課という名を冠する部署だぞ。事件の情報収集に関してだけは、日頃から努力を怠らないんだ」

事件の情報収集に関してだけなのか。つい佐貴は突っ込みたくなる。

「調布署は所轄回り——うちの部署の大事な仕事のひとつだが——をする際の俺の担当でね。親しくしている人間が何人かいる。君たちが関わっているらしいということで、俺に連絡が入ったんだよ」

連城はにやりと不敵な笑みを浮かべた。佐貴たちが事件に関わればすぐに自分の耳に入るよう日頃から根回しをしているということらしい。やはり油断のならない男である。

「で、我が霊媒探偵殿はどういったわけで記憶喪失の少女と関わるハメになったんだ？」

「調布署の人から聞いてるんじゃないんですか？」

「ある程度はね。だがファンとしては、やはり本人から直接事情を聞きたい」

「俺は霊媒探偵じゃありませんけど」

「相棒の君もセットでファンなんだよ。それに、地守邸よりこっちの方が顔を出しやすい」

後者が本音だなと佐貴は思った。

ドリップで淹れたコーヒーを連城の前に置くと、彼はブラックのまま口をつけ、「この店のコーヒーはやっぱりうまいな」と小さく笑んだ。

それで？　と連城に促され、佐貴は素直にこれまでの経緯を話して聞かせる。といってもジェラール・アンティーニや三神との因縁《いんねん》までを説明する気はないので、聖蓮が抱えていた人形の幻のことは黙っておく。どちらにしろ、わざわざ話すことでもないだろう。

話を聞いた連城は「ふうん」と顎を撫でながら、どことなく険《けわ》しい顔つきをしていた。

「どうかしましたか？」

「その、アパートで死んだ辻という男だが。フルネームは辻秀巳《ひでみ》じゃないか？」

「さあ……下の名前までは聞いてないので。もしかして、連城さんの知り合いですか？」

「いや。だが、もしそれが辻秀巳なら、死んだ時にはちょっとばかり世間を騒がせた」

「有名人だったんですか？」佐貴にはまったく覚えがないが。

「一部の地域ではね」

「一部の地域って、調布ではなく？」

「もちろん調布もそれなりに騒いだだろうが、より騒いだのは水取市だろうな」

「水取市……」その地名をつい最近どこかで聞いたと思ってから、すぐに佐貴は思い出す。

《コーポ大槻》にやってくる以前の辻は、水取市で生協の配達員をしていたらしいと大槻が話していたのだった。

ビールとつまみに口をつけながら、それまで黙って話を聞いていた秋重が、突然「あ」と声を上げた。

「俺、覚えてるかもしれない」

ちょっと待ってて、と言い置いて秋重は、カウンターの脇にある通路の奥へと姿を消した。そちらには手洗いと休憩スペースがある。

間もなくして、ノートパソコンを小脇に抱えて秋重が戻ってきた。帳簿をつける時などに使うため、佐貴が休憩スペースに置いているものだ。

秋重はそれをカウンターの上に置くと、「借りるよ」と佐貴に断ってから電源ボタンを押して立ち上げた。

「やっぱり……」秋重は呟き、「見なよ」と佐貴の方にディスプレイを向けた。

ネットで検索したらしい。辻の死亡を報じた記事が表示されている。

「えっ」佐貴は思わず驚きの声を上げた。

『水取市の連続殺人犯、死体で見つかる』

見出しには、そう書かれていた。

5

最初の被害者が発見されたのは、今から二十年前。それから約一年の間に、辻秀巳は水取市内で若い女性を計五人殺害したらしい。

深夜に帰宅途中の女性の後をつけ、人けのない場所で背後から襲いかかって絞殺するという、シンプルな手口の通り魔的な犯行だった。

暴行の痕跡《こんせき》はなく、財布なども手つかずのままだったが、なぜか靴が左足だけ脱がされて持ち去られていた。

《靴蒐集家《シューズコレクター》》などとマスコミに名づけられた犯人はしかし、五人目の被害者を出してからはぴたりと姿を現さなくなった。

そのまま月日が経ち、世間の関心は薄れて、人々の記憶からも薄れていった頃——

あるアパートの部屋から《靴蒐集家》の戦利品が見つかったとして、再び騒ぎになった。

それが十四年前の《コーポ大槻》での出来事だ。辻の部屋からは、被害者から奪ったと思しき五足の靴——左足のみ——と共に、死んだ被害者を写した写真と、犯行を告白する内容の手書きの文書が発見されたという。

「同じ市内に殺人犯が住んでいたなんて怖いよねって、当時うちのお客さんたちがよく話してたんだよ」

言ってから、実家が美容室をやっていることを秋重は連城に説明する。

住人への配慮からかアパート名は伏せられていたが、三十四歳という辻秀巳の年齢と、病死したという状況、更に五月のゴールデンウィークの頃という時期も一致していることから、《コーポ大槻》で死んだ辻と同一人物であることは間違いなさそうだった。

「こんなことあったっけ。俺、全然覚えてないや」

佐貴の実家は国立《くにたち》だったが、叔父が店をやっている土地で起こった事件なら、当時はそれなりに注目したはずなのだが。

「まあ、仕方ないんじゃない。十四年前って言ったら、マスターはまだ小学生だろうし。連城さんは……もう警察官でしたか？」

「高校生だよ」

苦笑まじりに連城は答え、秋重を軽く驚かせた。彼は三十代半ばか、へたをするともう少し年上のように見えるが、実際にはまだ三十一歳だ。

「だけど、辻さんが殺人犯だったなんて……。そんなこと、大槻さんはひと言も言ってなかったのに」

佐貴は信じられない思いで、ディスプレイに表示された記事を眺める。

「言えなかったんだろう」連城は新しい煙草に火をつけて、「辻のことを息子のように思って世話を焼いていたというのなら、殺人犯なんて事実は信じられなかっただろうし、認めたくもなかったはずだ。今もその思いは変わっていないんだろうな。だからこそ、彼はアパートの部屋で起こる怪奇現象をこれまで真摯《しんし》に受けとめてきたし、アパートを取り壊すにあたってアーネスト君に依頼もしてきた。殺人犯の汚名を着せられたことで、辻が成仏できずにいると思っているのかもしれない」

「でも、ちょっと不思議だな」秋重が首を傾げる。

「何が？」と佐貴。

「この記事を読む限りでは、最後の被害者が見つかって、辻って人の死体がアパートで見つかるまでの約五年間、事件は起こっていないことになる」

「だから？」

「この手の犯人って、一度殺人の味を覚えてしまうと、捕まるか死ぬかしない限り犯行を繰り返しそうなものだけど」

「嫌なこと言うなよ。五人も殺せば充分じゃないか」

「いや、秋重君の言う通りだ」

煙草をくゆらせながら連城が同意する。「環境か心境に劇的な変化が起こったのか、あるいは体調的な問題で犯行ができなくなったのか……俺も不思議だよ。非常に興味深い点だ。本人が生きていたら、ぜひ訊いてみたいところだね」

そこで連城は、いたずらを企《たくら》むような目を佐貴に向けてきた。

「いっそ、アーネスト君に辻の霊を降ろしてもらおうか」

「やめて下さいよ！　連続殺人犯の霊なんて降ろしたら、とんでもないことになるじゃないですか！」

何てことを考えるのだ、この男は。

「冗談に決まっているだろう」

「冗談にもほどがあります！　第一、あの部屋のスピリットはかなり力が弱まってしまっているってことだから、降霊なんてできませんよ」

「聖蓮ちゃんと辻秀巳は、何か関係があるのかなあ」

空になったビールの缶を名残《なごりお》惜しそうにカウンターに置き、秋重が呟いた。遠慮しているのか自分の中での取り決めがあるのか知らないが、佐貴がすすめても秋重は、いつも絶対に二本目に手を伸ばそうとはしない。

「たとえば、辻秀巳に殺された被害者の娘だったとか」秋重はディスプレイを指して、

「この最後の被害者になった鈴木さん、当時二十三歳だったって。もしこの時、生まれたばかりの娘がいたとすれば、今は十九歳。聖蓮ちゃんの正確な年はわからないけど、計算が合わなくはないんじゃない？」

「計算は合うかもしれないけど……」

あの部屋で倒れていた意味はわからない。しかもアーネストが言うには、辻のスピリットが聖蓮の記憶を封じた可能性があるという。母親が自分に殺されたという記憶を、彼女から消し去りたいと辻は思ったのだろうか。けれど今更、そんなものを消したところで何になるというのか。

「連城さんはどう思います？」

空になっていた彼のカップにおかわりのコーヒーを注ぎながら、佐貴は問うた。「ありがとう」と連城は応えてから、

「可能性はあるだろうね。同時に、まったくの無関係という可能性も等しくある。彼女にとってあの部屋は目的地ではなく、たまたま入り込んだだけの場所だったかもしれない」

「それもそうですね」佐貴が頷く横で、「それじゃあつまんないなあ」と秋重は、言葉通りのつまらなそうな顔をする。

「まあ、調べてみる価値はあるかもしれないな。といっても辻の事件はうちじゃなく、神奈川県警の管轄だが」

「警視庁と神奈川県警って、仲が悪いって聞きますけど？」と秋重。

「確かに、仲よしではないな。だが、こういう時に真価を発揮するのがうちの部署なんだよ。事件の情報収集に関してだけは日頃から努力を怠らないと、さっきも言っただろう？」

にやりと笑う連城。どうやらそれは、警視庁の管内にとどまるものではないらしい。今回に限らず、連城は佐貴たちに対してとても協力的だ。何かがあると、必要な情報を積極的に与えてくれる。非常に頼もしくはあるのだが、それに甘えて借りを重ねていくのは、佐貴としてはどうにも抵抗があった。

そもそも連城は、どうしてそこまで協力してくれるのか。佐貴には大いに謎なのである。事件の情報を民間人に流していることが知れれば大問題だろう。「ファン」などという軽い言葉で片づけてしまうには、彼の負っているリスクはあまりに大きい。

とはいうものの、連城がもたらしてくれる情報が貴重であるのは事実なので、結局のところは彼に頼ってしまうのだが。

「それはそうと、アーネスト君のことだが」

危ない橋を渡っている自覚も、自身の立場に対する後ろめたさも皆無の様子で、連城が話の矛先を変える。

「アーティが何か？」

「記憶喪失の少女にずいぶん思い入れしているようじゃないか?」

それは佐貴も認めるところだった。アーネストが聖蓮に向ける眼差しは、他の女性に対するものよりもひときわ優しい。人のためには決して弾くことのないヴァイオリンを、彼は聖蓮のために奏でた。約束の印にと、大切な懐中時計を彼女に渡した。

「もしかして、ひと目惚《めぼ》れでもしたのか?」

「ええっ。そうなの、マスター?」

意外そうに目を見張りながら、秋重の瞳は期待に輝いている。彼はこの手の話がわりと好きなのだ。

「いや、ひと目惚れっていうか……」

「佐貴君としては、認めたくないところだろうな」

妙な訳知り顔で、連城はうんうんと頷く。「しかし、君も報《むく》われないね。彼目当てのしつこい客をどうにか追い払おうとしているうちに、突然現れた記憶喪失の美少女に横から掻《か》っ攫《さら》われてしまうなんて」

「……その手の冗談、いい加減にやめませんか」

連城がこうした冗談で佐貴をからかい始めるときりがないし、非常にタチが悪い。

アーネストは確かに、聖蓮に対して特別な感情を抱いているだろう。けれどもそれは、恋愛感情というものとは違う気がする。むしろ、恋愛感情であってくれた方が佐貴としては安心だ。

アーネストは死者に対しては必要以上に心を砕くせに、生きた人間に対してはあまり興味を持とうとしない。例の『呪い』のこともあり、一線を引いている印象を受ける。

彼が女性に対して優しく丁寧に接するのも、あくまで礼儀作法として身に染みついたものであって、彼自身の感情によるものではない。

死者にばかり目を向けていると、そのうちアーネスト自身も『あちら側』へ行ってしまうのではないか。佐貴にはそんな危惧《きぐ》がある。だから『こちら側』へ執着する何かを持つというのは、彼にとって必要かつ重要なことだと思う。

けれど、病院の中庭でアーネストと聖蓮がつくり上げていた世界は――同じ『音』を持つもの同士がつくり上げた世界は、いつまでも眺めていたくなる美しいものではあったが、同時にひどく切なくて儚い感じがした。

「まあ、ひと目惚れではないにしても」短くなった煙草を連城は灰皿でもみ消しながら、「相棒として、佐貴君は気をつけておいた方がいいかもしれないな」

「何をですか?」

「濡れた身体で倒れていた、魅力的な歌声を持つ身元不明の美少女。彼女が失っているのは声ではなくて記憶だが、人魚姫を連想させるには充分だ。人魚姫といえば悲恋と相場が決まっているじゃないか」

「人魚って嵐《あらし》を起こして船を難破させたり、気に入った男を海中に引きずり込んでとらえたりする、怖い存在でもあるよねえ」

秋重までがのんびりと嫌なことをつけ加えてくれる。

「不吉なこと言うなよ。ディズニー映画の人魚姫はハッピーエンドだろ」

赤みがかった髪を持つ聖蓮には、ディズニーの人魚姫の方がふさわしい。

「初めてあれを観《み》た時には、えらい違和感を覚えたものだったな」

連城の言葉に、「俺もですよ」と秋重が頷く。

「人魚姫といえば金髪で、北欧の冷たい海に棲むイメージだったのに。一転して、暖かそうなカリブ海に棲む赤毛のアリエルになっちゃったんですから」

「……俺は、最初がアリエルだったけど」

ぼそりと佐貴が言うと、異端のものを見るような目を秋重と連城に向けられた。

「マスター、それは邪道だよ」

「いや、そういう年代なんだろう」

連城はともかく、秋重とは二歳しか違わないはずだ。思ったが、佐貴はあえて口にはせずにおいた。

6

翌日。彼らが店に姿を現したのは、午後一時を少し過ぎた頃だった。

ドアベルを鳴らして入ってきた時、店内にぽつりぽつりといた客たちの視線は、そろってそちらへ集まった。

先頭はアーネストで、続いて沖名。最後に入ってきたのは連城だった。

アーネスト一人でも人目を引くには充分だったが、この三人の取り合わせというのがまた、何とも奇妙だった。

沖名も連城も単体で見ればとりたてて目立つ要素の持ち主ではないのだが、アーネストという強烈なキャラクターと一緒にいると、彼らまでどことなく浮いて見えるのだ。

というか——沖名と連城が一緒にいることに、佐貴は強烈な違和感を覚えた。

しかも、三人がまとっている空気がどことなく重く、それがまた異様さに拍車をかけている。

「昨日の今日で、またお邪魔して悪いね」

連城の言い回しはいつもと変わらず軽かったが、気さくな笑みは伴っていなかった。

「どうかしたんですか？　アーティはともかく、沖名さんも一緒なんて」

「聖蓮ちゃんの見舞いに行ったら、病院で会ったんだよ」答えたのは沖名だった。

「その彼女のことで、話しておきたいことがあってね」と再び連城。

「聖蓮ちゃんの……？」

決して明るいとはいえない彼らの雰囲気が佐貴の胸に不安の雫を落とす。

「閉店まで待ってもよかったんだが、この二人としては早く事情を知りたいところだろうし、といって俺も何度も同じ説明をしたくない。だからこうして来てみたわけだ」

「そういうことなら、奥を使ったら？」

振り返ると、秋重が立っていた。いつの間にか近づいてきて話を聞いていたらしい。

「お客さんもそんなにいないし。フロアは俺一人で大丈夫だからさ」

秋重の言葉に甘え、佐貴は奥の休憩スペースに彼らを案内した。その名の通り、休憩用に使う部屋であると同時に、佐貴が寝泊まりしている部屋でもある。

「へえ。ここって、こういうふうになってたんだ」沖名が興味深そうに室内を見回す。

洋風な外観と内装に反して、そこは六畳の和室になっていた。先代マスターであった叔父が、恐らくは寝泊まりをする際の便宜性なども考えてこのようにしたのだろう。

「ちょっと狭いけど、適当に座って下さい」

ちゃぶ台を囲む形で四人はそれぞれ畳の上に腰を下ろした。座布団は佐貴が枕《まくら》代わりに使っているものがひとつしかない。かえって邪魔になると思い、パソコンや鞄《かばん》などと一緒に隅に避けておいた。

「病院で会ったにしては、ここへ来るのが早くないですか。まだ一時過ぎですよ」

壁の時計を見て佐貴は言う。面会は一時からのはずだ。

「今日は土曜だから、面会は十一時半からだったんだよ」と沖名。

「あ、そっか」そうだった。どちらにしても今日は、夕方になって手が空いた頃に様子を見に行こうと佐貴は思っていたのだが。

「どうにも聖蓮ちゃんのことが気になってね。仕事も手につかないから、病院へ行ってみたんだ。そうしたら、ロビーのところでアーネスト君たちと会ってさ」

佐貴はアーネストと連城の方へ顔を向ける。口を開いたのはアーネストだった。

「僕が病院へ行った時にはロビーに連城さんがいて、聖蓮は三十分ほど前に神奈川県警の人間が連れて行ったと聞かされた」

「失礼します」とそこでドアが開かれ、秋重が四人分の飲み物を運んできた。

アーネストにはオリジナルブレンドのミルクティー。沖名にはダージリンのストレート。連城と佐貴にはブレンドコーヒー。特に頼んではいなかったのだが、「サービスです」と言ってきちんとそれぞれの定番商品を持ってくるところはさすが秋重だ。

「神奈川県警が連れて行ったってどういうことですか？　彼女の身元がわかったんですか？」

秋重が下がると、佐貴はすかさず連城に尋ねた。

飲み物と一緒に秋重が置いて行った灰皿を手元に寄せて、「ああ」と彼は答える。

「昨夜、この店を出てから神奈川の知り合いに連絡をとってみた。彼女のことを話したら、即座に食いついてきたから驚いたよ。丁度、向こうも捜しているところだったらしい。それで今朝、さっそく確認にきて、本人と判断したらそのまますぐに連れて行ったんだ」

「捜索願が出されていたんですね」

「そういう単純なことだったらよかったんだがね」

「違うんですか？」

ゆったりとした動作で煙草に火をつける連城。その間がもどかしくて、佐貴はアーネストと沖名に視線を向けた。

「僕たちも、詳しいことはまだ聞いていないんだよ」

沖名はスティックシュガーを三本入れた紅茶をスプーンでかき回しながら、「話すのは佐貴君のところに行ってからだって言われてね」

「ある事件の重要な参考人として、神奈川県警は彼女の行方を追っていたんだよ」

連城が吐き出す煙が流れ、丁度紅茶に口をつけようとしていたアーネストは、いかにも迷惑そうに眉をひそめた。窓は開けているが、狭い室内なので仕方がない。

「ある事件？」そんな彼を尻目《しりめ》に佐貴は問う。

「その前に、彼女のことを説明しておこう。聖蓮というのはやはり本人の名前だった。汐《しお》見《み》聖蓮というのが本名だ。年齢は十八歳。住まいは水取市にある。といっても端《はし》っこの方で、水取湖の近くみたいだが」

「水取市……」

かつて辻がいて、事件を起こした土地。二人が水取という地で繋がっているのは、単なる偶然だろうか。

「ミコト化粧品という会社は知っているだろう？」

「《人魚の命水《めいすい》》を出してる会社でしょう。そういえば、本社は水取市でしたね」

答えたのは沖名だったが、その社名は佐貴もよく知っていた。有名な化粧品会社だ。本社の場所までは知らなかったが。

海藻エキスを配合しているという化粧品は、「肌にうるおいを与え、きめを整える」というよくある宣伝文句ながら、女性たちに人気らしい。質はもちろん、人魚のロゴマークがあしらわれた美しいデザインも乙女心というやつをくすぐるようだ。

中でも《人魚の命水》なる化粧水が、創業当時からの看板商品であると同時に一番人気の商品でもあるらしく、今もよくテレビでＣＭが流れている。佐貴の母も、あのＣＭを見るたび自分の頬をさすりながら、「今度使ってみようかしら」などと呟いていた。

「確か、今年に入って創業者の女社長が病死しましたよね。七十を過ぎても会長に退くことなくバリバリ現役でやっていて、社内では女帝と呼ばれていたとか」

「……詳しいですね、沖名さん」

「週刊誌で読んだんだよ。佐貴君は読まないの？　店に置いてあるのに」

「俺は、あんまり」

秋重はよく読んでいるが、佐貴は暇な時にぱらぱらと捲《めく》る程度だ。「っていうか、何でミコト化粧品の話になったんですか？」

「さあ、何でだろう」沖名は問うように連城を見る。

「そこまで知っているのに惜しいな。女帝の本名は、汐見美奈世《みなよ》というんだがね」

「汐見って、まさか……」

「そのまさかだ。汐見家はミコト化粧品の創業家で、聖蓮は彼女の孫娘だよ」

「ええっ」佐貴と沖名はそろって驚きの声を上げる。

「ちなみに、女帝の後を継いだ新社長は汐見凪子《なぎこ》といって、聖蓮の母親だ。本来後継ぎだった女帝の一人息子は、ずいぶん前に鬼籍に入ってしまったということでね。嫁の彼女にお鉢が回ってきたらしい。元々、息子より彼女の方が有能だったという噂もあるようだが」

「聖蓮が参考人になっている事件は、どのようなものなのですか？」

週刊誌ネタに流れそうになった話を、アーネストが冷静に核心部分へと引き戻す。

「一昨日――十五日に、汐見家の敷地内で堀内哲郎《ほりうちてつろう》という男の遺体が発見された」

「遺体？」

佐貴と沖名は再び声を重ねたが、アーネストはわずかに眉を動かしただけだった。

佐貴たちがあのアパートの部屋で、聖蓮を発見したのも十五日だ。

「堀内は、年齢四十五歳。職業はフリーのライターだったそうだ。通報してきたのは汐見家に住み込みで働いている家政婦だった。彼女は法事のために前日の朝から山梨にある実家に帰っていて、戻ってきたのは十五日の午前十時頃だったらしい。玄関の鍵は開いていたが、家には誰の姿もなかった。不審に思って敷地内を見回ったところ、裏庭の池に浮かんでいる堀内の姿を見つけたというわけだ」

「池？」

その瞬間、三人の脳裏には同じものが浮かんだはずだったし、三人が思い浮かべたものに、連城も気づいたはずだった。けれど、ここでは誰もそれを口にすることはなく、連城もそのまま説明を続けた。

「検死の結果、堀内の死因は溺死《できし》と判断された。死亡推定時刻は十四日の午後十時から十五日の午前零時の間。遺体には特に不審な点はなく、現場からも不審なものは見つかっていないということだ」

こうした説明をする間、連城は一切手帳などを見ることはない。メモはとらず頭に叩き込む性分らしい。

「じゃあ、事故か自殺ってことなんですね」

他殺でないことに、佐貴は小さな安堵を覚えたのだが、

「何も見つかっていないからといって、他殺ではないと決めつけることはできないだろう。十四日の夜は雨が激しく降っていたし、痕跡が洗い流されてしまった可能性もある」

「事故か自殺か他殺か、現時点で警察は判断できていないということですね」

アーネストの言葉に、「そういうことだ」と連城は頷く。

「母親の凪子はその時、会社にいたらしい。発売を控《ひか》えていた新商品に不備が見つかったとかで急遽《きゅうきょ》呼び出されて、その対応に夜通し追われていたということだ。だから事件が起こったとみられる時間帯、汐見家では聖蓮が一人で留守番をしていた。ところがさっきも言ったように、家政婦が戻ってきてみれば聖蓮の姿はなく、池には堀内の死体が浮いていた。堀内がいつ、何の目的でやってきたのかはわかっていない」

「フリーのライターだって言いましたよね。取材で来たんじゃないんですか？」と沖名。

「そうかもしれない。だが、汐見家には事前にそうした連絡はなかったそうだ。面識もなかったらしいしな。まあ、家の者たちの証言が事実とすればだが」

「つまり聖蓮は、事件当日に何があったのかを知る唯一の人間、ということなのですね」

アーネストが言い、連城はまた「そうだ」と頷く。

「だから神奈川の連中としては、何としても彼女から話を聞き出したいわけさ」

「聖蓮は記憶を取り戻したのですか？」

「いや、状態は相変わらずだよ。どうやら演技でもないみたいだしな」

「演技？」聞き捨てならない言葉だった。けれども連城は、佐貴の反応の意味を誤解したらしく、

「連れて行かれる前に、ちょっとしたテストをしてみたんだよ。向こうの連中が聖蓮に、彼女自身のことについて説明をする際に、その中にひとつだけ嘘をまぜてもらった。もし記憶喪失を装っているのなら、ほんのわずかでも反応を見せるはずだ。だが彼女は無反応だった。他の情報と一緒にすんなりとその嘘を受け入れたよ」

「連城さんは、彼女の記憶喪失を疑っていたんですか？」

連城は驚いたように目を見張った。彼にとっては意外な問いだったらしい。

「そりゃあ疑うだろう。精神的なものが原因だなんて言われればなおさらだ。精神的なストレスであそこまで綺麗さっぱり記憶を失うなんて、俺はこれまで見たことがない」

「……でもそのテストで、彼女の記憶喪失は本物だってわかったわけですね」

「確実とは言わないがね。彼女は聡明《そうめい》な名女優で、こちらの意図など最初からお見通しだったかもしれない。俺としては、いまだに疑いたい気持ちはある。言うなれば、シロに近

いグレーってところだな」

　ひねくれ者め。佐貴は内心で毒づいた。

「何にしても、向こうとしては生きて見つかってほっとしてるだろう。誘拐の可能性も考えていたようだが、それもないようだしな」

「そうなんですか？」

「聖蓮らしき少女を乗せたというタクシーの運転手が、今朝になって名乗り出てきたということだ。十四日の午後十一時四十分頃に、水取湖駅から乗せたらしい。結果的に彼女は調布駅の南口でトイレに行くと言ってタクシーを一旦降りて、そのまま逃げたそうだが」

「逃げた？　乗り逃げしたんですか？」

「彼女、手荷物も財布も持っていなかったもんなあ」さもありなんと沖名が頷く。

「でも、その後は？　駅前からあのアパートまで、歩いたら三十分はかかりますよ。しかもあの夜は、すごい雨が降っていたし……」

「歩いたんだろうね。だから、濡れていたんだ」答えたのはアーネストだ。

「よく風邪をひかなかったな……」

　ある意味奇跡だ。見た目に反して彼女は身体が丈夫なのかもしれない。

「しかし運転手も、よく彼女を乗せたよね」

　言いながら、沖名は首をひねる。「というか、名乗り出るのが遅くないですか？　料金を踏み倒されたなら、普通はすぐに被害届を出すでしょう」

「出されてなかったそうだよ。料金は運転手が自分で立て替えていたから、会社としては把握していなかった。翌日から家族ででかける予定があって、面倒事に巻き込まれたくなかったと本人は言っているそうだがね。警察が死亡事件の参考人として彼女を捜していることを知って、さすがに黙っていられないと思ったんだろう」

「そんな夜遅くにタクシーを乗り逃げしてまで、どうして聖蓮ちゃんはあのアパートに行ったんだろう……」

聖蓮の素性は明らかになったものの、謎は深まる一方だった。

「さあね。家の人間は皆、心当たりがないと言っているらしいから、本人が話してくれないことには知りようがないな」

連城はカップに残ったコーヒーを飲み干して、「さて、霊媒探偵殿はどうする?」と、どこか挑発的な笑みをアーネストに向けた。

「僕は探偵ではなく、ただの霊媒師です」アーネストは律儀に訂正してから、「汐見家は水取湖の近くにあると、先ほど連城さんはおっしゃいましたが。詳しい場所をご存知ですか?」

「やっぱり、これで終わりにするつもりはないわけか」

「約束をしましたから」

「そうそう。大事な時計を、アーネスト君は彼女に預けたままだったよね」

思い出したようにぽんと手を打つ沖名は、汐見家へ行く際には当然、ついてくるつもりでいるのだろう。このまま彼という存在が定着してしまうのは避けたいところだったが、ここまでくるともはや切り離すのは非常に難しい。アーネストにしてみれば、沖名だけでなく佐貴も切り離したいところなのだろうが。

けれど佐貴としても、こんな中途半端な状態で終わりにすることなどできるはずがない。聖蓮のことはやはり心配だし、人形のこともある。この一件に、アンティーニの人形や三神は絡んでいるのだろうか。

絡んでいるのなら、アーネストの相棒を自負する身として関わらないわけにはいかない。もちろん、絡んでいないからといって身を退くつもりもないけれど。

人魚をシンボルとする、ミコト化粧品の創業者の孫娘。聖蓮は、まさしく人魚姫だったわけだ。

人魚が悲劇の象徴であって欲しくはない。人を冥《くら》い海中に引きずり込んでとらえてしまうような、不吉の象徴であって欲しくはない。

「アーティ。汐見家へ行く時には、俺も絶対に一緒に行くからな。抜け駆けはなしだぞ」

「佐貴君に同じく」右手を上げ、沖名もちゃっかり便乗する。

「……何で沖名さんまで」

やっぱりと思いつつも、突っ込まずにはいられない。

「何でって、ここで仲間外れはないだろ。僕だって一応、関係者だし。それにほら、保護者がいた方がいいじゃないか」

いつ彼は自分たちの保護者になったのだろうか。そもそも佐貴たちは未成年ではないし、百歩譲って保護者が必要だとしても、彼に務まるとは思えない。

突っ込みどころがあまりに多すぎて佐貴は逆に言葉を失ったが、沖名は都合よく沈黙を了承と受け取ったようだ。

「よかったね、アーネスト君。仲間が増えて頼もしいじゃないか」

からかいまじりに笑う連城に、アーネストは無言で深いため息を吐き出した。

第三章　池に棲《す》むもの

1

新緑の間に浮かぶ深い碧《あお》。陽の光を受けてきらきらと輝く湖上を、白い軌跡を描きながら白鳥の形をした遊覧船がゆっくりと進んでいく。

「のどかだねえ」

佐貴がハンドルを握る運転席の後ろから、独り言とも何ともつかない沖名の声が聞こえてきた。

フロントガラスの向こうには、穏やかな時間をまとった水取湖の姿がある。

五月二十二日の木曜日。佐貴はアーネストと沖名と共に、汐見家へと向かっていた。

先方も少し落ち着きを取り戻し、聖蓮を見つけてくれた礼をしたいと言っているようだと、連城がわざわざ店にやってきて伝えてくれたのは二日前のことだった。

アーネストの抜け駆け防止のために、あえて佐貴に伝えに来てくれたらしい。ただ少々間の悪いことに、その時は店に沖名がいた。従って、彼に抜け駆けをすることもできなくなってしまったのだが。

あの後、聖蓮は水取市の病院で改めて検査をしたが、やはり異常は見つからなかったらしい。現在は自宅に戻っているが、記憶喪失の状態は相変わらずで、警察の捜査にも進展はないままだという。

捜査員たちの間では、堀内の死に聖蓮が関与しているという見方が強いようだ。しかし裏付けとなるものは見つからず、本人が記憶を失っている以上は自白も証言も望めない。もどかしさから、聖蓮を問い詰める彼らの口調も自然と強いものになる。中には彼女の記憶喪失を頭から狂言と決めつけて、完全に犯人扱いする者もいるらしい。

そうした彼らとのやりとりに聖蓮はすっかり疲弊して、自室に閉じこもるようになってしまっているということだった。

「君たちの顔を見れば少しは元気になるんじゃないか」

そう言って、連城は汐見家の住所と連絡先を書いたメモを渡してくれた。

「礼ってことなら、大槻さんにも声をかけないとまずいんじゃないかな」

これ以上人数が増えれば、アーネストはまず間違いなく嫌な顔をするに決まっていたが、沖名の言うことも一理あった。

実際のところ、佐貴たちは聖蓮を見つけてその後に見舞いに行っただけで、入院手続きなどの諸々を引き受けてくれたのは大槻――より正確に言えば夫人だが――だ。汐見家から礼を言われるべき人間がいるとすれば、佐貴たちではなく大槻のはずだった。

沖名が連絡を取ると、「わしも行くぞ」と本人は乗り気になったらしいが、多忙な先方にあわせて決めた今日という日は、佐貴にとっては定休日でラッキーだったが、大槻にとってはアンラッキーだった。大事な来客の予定があるといい、結局、汐見家へは佐貴とアーネスト、沖名の三人で行くことになったのだった。


午後一時半に、佐貴たちは汐見家に到着した。

インターホン越しに指示された場所に車を停め、門をくぐる。

白い砂利を固めたアプローチの先にあるのは、外壁が山吹色に塗られた、南国のリゾートを思わせる邸宅だった。中央はアーチ形にくり抜かれていて、玄関はその中にあるらしい。

「ミコトの創業者一族の家だけあって、さすがにお洒落《しゃれ》だね」

アプローチの途中で足を止め、前方の邸宅を眺めながらしみじみと沖名が言った。

その横でアーネストは、アーチの奥をじっと見つめている。向こう側は裏庭になっているようだが、ここからではよくわからない。

と、アーチの内側で扉が開き、目に鮮やかなマリンブルーのシャツを着た男性がこちらに近づいてきた。

「いらっしゃいませ」と笑顔で出迎えてくれた男性は、年の頃は三十代半ばか後半くらい。天然なのかパーマをかけているのかわからないが、浜辺に打ち上げられたワカメのような頭をしている。見た目は少々軟派な優男風だが、にこやかで人当たりがよさそうなので、第一印象としては好感の持てる相手だった。

「お待ちしていました。僕は、梶原《かじわら》と申します」

男はシャツの胸ポケットから名刺を取り出し、佐貴たちに渡した。梶原衛《まもる》。ミコト化粧品のデザイナーらしい。なるほど、いかにもそんな雰囲気だ。

こちらも自己紹介をしようとしたが、「とりあえず中へ」と促された。アーチ内にある玄関扉から屋敷の中に入り、スリッパに履き替えると、梶原は廊下を進んですぐのところにあるリビングに佐貴たちを案内した。

リビングは外観と同様に明るい印象で、出窓からは正面のアプローチの様子が窺えた。ガラスのローテーブルを挟んで白いソファが向かい合わせに置かれ、その傍《かたわ》らに一人の女性が立っている。入ってきた佐貴たちを見ると、丁寧に頭を下げた。

聖蓮の母親、汐見凪子だろうとすぐに察しがついた。

後ろで綺麗にまとめられた髪は、聖蓮と同様に赤みがかった色をしていたし、大きな目と細い鼻梁《びりょう》をした顔立ちにも彼女を窺わせるところがある。年齢は四十四、五というところだろう。やわらかな色合いのパンツスーツをすっきりと着こなした立ち姿は、いかにも有能なキャリアウーマンというふうだった。

「初めまして。汐見凪子と申します」

型通りの自己紹介をした彼女は、娘の礼を述べて改めて深々と頭を下げる。

ミコトの新社長というだけあって、その言動はてきぱきとしていたものの、声にはいまいち張りがないように感じられた。顔にも疲労が色濃く浮いている。偉大な女帝を失い、会社の方も大変なのだろう。その上、今回の事件だ。心身ともにゆっくり休まる暇がないのかもしれない。

「本来ならこちらからお礼に伺わなければならないところを、わざわざ足を運んでいただいて。本当に申し訳ありません」

「いえいえ、そんな」沖名がにこやかに手と首を振る。「こちらはどうせ暇な身ですし。気にしないで下さい」

凪子に比べれば心身ともに余裕があるのは否定しないが、「どうせ暇な身」と沖名と一緒にされて言われるのは、釈然としない佐貴である。

「立ち話も何ですから、座りましょうか」

梶原にすすめられ、佐貴たち三人は並んでソファに腰を下ろした。凪子と梶原も向かい側に腰を下ろし、互いに落ち着いたところで改めて自己紹介をする。

凪子たちはこちらの素性についてはほとんど認識していなかったらしく、喫茶店の店主に小説家という職業を聞くといちいち感心とも驚きともつかない声を発していたが、霊媒師というアーネストの職業を聞いた時には、ぽかんと惚《ほう》けた顔になった。

「道理で、人とは違う独特の雰囲気があると思いました」

梶原の方はすぐに気を取り直し、どこかうっとりとした眼差しをアーネストに注ぐ。霊媒師などという胡散臭《うさんくさ》さ漂う肩書をすんなりと受け入れてしまう辺り、デザイナーという人種の思考の柔軟さなのかもしれない。

「今、社内では新しいCMを制作中で、僕も企画に参加しているんです。社のシンボルである人魚を使うつもりなんですが、あなたが出てくれたらものすごく話題になるでしょうね。人魚のイメージにはぴったりです」

「王子じゃなくて人魚ですか？」沖名はぴんとこない顔だ。「男の人魚って、いわゆるマーマンというやつでしょう？　頭が魚で身体が人間っていう、半魚人みたいなの」

「そうとも限りませんよ。数ある人魚の民話の中には、美しい男性の人魚が出てくる物語もあるんです。アンデルセンの人魚姫とは逆に、人魚の王子が人間の娘に恋をして妻にするという物語などもね。その場合は、娘の方が海の底にある人魚の国に行くわけですけど」

そんな話をしていると、割烹着《かっぽうぎ》姿の初老の女性がトレイを持ってリビングに入ってきた。

「……いらっしゃいませ」

ぼそりとひと言挨拶をして、女性は紅茶の入ったカップと大皿に盛ったクッキーをテーブルに置く。

「うちで住み込みで働いてくれている、山岸政恵《やまぎしまさえ》さんです」

凪子の紹介に、政恵はぺこりと頭を下げる。堀内の遺体を発見した家政婦というのは彼女のことだろう。だが、それ以上の言葉を発することはなく、政恵はトレイを持ってリビングを出て行った。無口な人物らしい。

「すみません。彼女は人見知りなところがあって。家政婦としては、とても優秀な人なんですけど」

いいえ、と答えた佐貴はそこで、傍らに置いていた手土産の存在を思い出した。聖蓮が喜んでくれたマフィンを今回も焼いてきたのだ。

「よかったら、これもお茶菓子にどうぞ。前に聖蓮ちゃんがおいしいと言って食べてくれたマフィンです」

「ありがとうございます」

受け取った袋を、凪子はそのままテーブルに置いてしまう。梶原が手を伸ばし、袋からマフィンを取り出して各人に配った。そつなく対応しているようでいて、どこかぼんやりとしている凪子を、彼が気遣《きづか》いつつフォローしているようだ。

もしかすると、この二人はそういう関係なのかもしれないなと佐貴は思った。瓜子の夫は既に故人ということだから、恋人がいてもおかしくはない。

「聖蓮さんの様子はいかがですか？」

アーネストが尋ねた。「自室に閉じこもるようになってしまったと伺ったのですが」

聖蓮がリビングにやってくる気配はなかった。今も部屋にこもっているのだろうか。

「皆さんがいらっしゃるということで、声をかけようとさっき行ってみたんですけどね。部屋にはいませんでした。たぶん、裏庭でゴードンと遊んでいるのでしょう」

マフィンの袋の口を閉じながら梶原が答える。人数がわからなかったので、余るぶんにはいいだろうと少し多めに焼いてきた。

「ゴードンというのは？」

訊きながら、沖名は誰より早く目の前のマフィンに手を伸ばす。

「僕が飼っている犬です。ここへ来る時にはいつも連れてくるんです。ここだと自由に走り回らせてやることができるし、聖蓮ちゃんにも可愛がってもらえるので。特に今の彼女は人と接するのを避けているところがあるので、ゴードンの存在は唯一の癒《い》やしとなっているようです」

「警察で、相当怖い思いをしたんだろうな……」かわいそうに、と佐貴は呟く。

「それもあるかもしれませんが、一番の原因はやはり記憶がないということでしょうね。

今の聖蓮ちゃんにとっては僕たちは見知らぬ人間で、この家も他人の家という感じなんでしょうから。ゴードンがいてくれて、本当によかったですよ」

梶原はマフィンの袋を手に腰を上げた。「政恵さんに渡して来ます。聖蓮ちゃんには、彼女が後で出してくれると思いますから」

「……あの梶原さんは、こちらに一緒にお住まいなわけではないんですか？」

梶原が出て行くと、角砂糖を大量投入したティーカップに口をつけながら沖名が尋ねた。

「彼は市内のマンションに住んでいます。義母《はは》が亡くなってから、私たちを気遣ってよく来てくれるようになりました。男手がないもので、とても助かっているんです」

現在この家に住んでいるのは、凪子と聖蓮、そして政恵だけだという。

「こんな広いお宅なのに。ちょっと不用心ですね」

「義母がこの敷地に他人を入れることを嫌っていたんです。男性は特に嫌がりました。人魚が気に入って、引きずり込んでしまうかもしれないと言って」

「人魚？」

「うちには人魚の守り神がいるんです。少なくとも、義母はそう信じていました」

「ミコト化粧品のシンボルに、人魚が使われているのはそのためなんですね」

「ええ。裏庭にある池は、義母いわく人魚の棲みかだそうです。ですからもし義母が生きていたら、今回の事件は人魚の仕業だと言ったに違いありません。亡くなった堀内さんは、人魚の手によって池の底に引きずり込まれたのだと」

「人を引きずり込むんですか？　守り神なのに？」思わず佐貴は言葉を挟む。

「人間の都合のいいようにばかり動いてくれるわけではない、ということなのでしょうね」

もしくは、と凪子は、奇妙な冥い笑みを含んで続けた。

「人が都合よくその存在を解釈しているだけなのかもしれません」

2

リビングに戻ってきた梶原は、手に藍色《あいいろ》の紙袋を提げていた。人魚のロゴマークがついた、ミコト化粧品の紙袋だ。

凪子ははっとした様子で梶原から袋を受け取ると、中からふた回りほど小さな同じデザインの袋を三つ、取り出して佐貴たちに差し出した。

「手近なもので間に合わせて恐縮ですが、聖蓮がお世話になったお礼です。どうぞお持ち下さい」

「いえ、そんな……」佐貴は遠慮しようとしたのだが、

「やあ、これはどうもご丁寧に。ありがとうございます」

沖名はあっさりと手を伸ばし、差し出された袋を三人分、まとめて受け取ってしまった。

呆気《あっけ》にとられる佐貴に、「はい」とそのうちのひとつが沖名から手渡される。この状況で突き返すわけにもいかず、仕方なく佐貴は礼を言って受け取った。

袋の中には、化粧品がいくつか入っていた。どれが何なのか佐貴にはよくわからなかったが、ミコトの商品は決して安価なものではないと記憶している。同じものを実際に購入するとなると、それなりの値段になるはずだった。

「ああ、これが噂の《人魚の命水》ですね」

沖名が袋の中から、ターコイズブルーの細長いボトルを取り出した。ボトルの正面には商品名と共に、額縁に入った絵画風の人魚のイラストがプリントされている。

「ええ。今年は創業四十周年ということで、デザインをリニューアルしたんです。梶原さんに手がけてもらいました。お陰様《かげさま》でなかなか好評ということです。皆さんは男性なのであまり縁がないかもしれませんが、よろしければ恋人やご家族に差し上げて下さい」

できれば恋人へのプレゼントにしたいところだったが、残念ながら佐貴は母親にプレゼントすることになりそうだ。

「いいお土産ができちゃったな。これだけでも来た甲斐《かい》があったよ」

沖名は嬉しそうに化粧水のボトルを袋にしまう。

「……沖名さん、使うんですか？」

「いやいや、僕じゃなくて。プレゼントだよ」

まさか、恋人じゃないよな。沖名に恋人がいるというのは、何だかものすごく悔《くや》しい。

ちなみにアーネストは、袋の中身を確認することはせず、淡い微笑みと共に「ありがとうございます」と改めて礼の言葉を口にしただけだった。

彼は誰にやるつもりだろう。佐貴はつい考えてしまう。色白で、女性が羨《うらや》むほどのきめ細かな肌を持つ彼である。自分で使ってもおかしくない気はするが……。

「ところで、こちらのお宅には人形は飾られているでしょうか？」

脈絡のない唐突すぎるアーネストの問いに、凪子と梶原はそろって「は？」という顔になった。事情を知らない沖名もまた、顔に大きな疑問符を浮かべてアーネストの横顔を見つめている。

「人形、ですか？　人魚ではなく？」

ふたつの発音は似ている。外国人であるアーネストが混同しているのではと凪子が考えたのも無理はない。

「ピンクのドレスを着た、ブロンドの少女の人形です。今現在はないけれど過去に存在していたということでも構いません。そういったものに覚えはありませんか？」

「いえ……。ここにはありませんし、私も覚えがありませんけれど」

「そうですか……」

指先で唇の辺りをなぞりながら、アーネストは黙り込んでしまう。

「あの」と代わりに佐貴が質問を続けた。「それじゃあ、ジェラール・アンティーニか、もしくは三神京司という人物を知――」

言葉の最後は「痛い！」という小さな悲鳴に取って代わった。アーネストがいきなり佐貴の足を踏みつけてきたからだ。

スリッパの足なので威力はさほど大きくなかったが、ぐりぐりと念入りに踏みつけてくる。ものすごく冷ややかな眼差しをこちらに注ぎながら。

好奇心全開の沖名がいる前で、不用意にその名を口に出すなと言いたいのだろうが……こんなこと、前にもあった気がする。

「聞いたことのない名前ですけど。その方が何か？」

「いえ。何でもありません」

佐貴の足をしつこく踏み続けながら、アーネストはやわらかな微笑みを凪子に向けた。

「それより、僕としては人形ではなく人魚の方も気になるところです。どのような経緯で、人魚はこの家の守り神になったのでしょうか？」

「私は嫁としてこの家に入った身ですので、詳しいことは知りません。以前は裏庭には離れが建っていたそうですが、四十数年前に義母の両親が壊して池をつくり、人魚を祀《まつ》り始めたということです」

「どこからか『人魚』を手に入れて、池に放したってことですか？」

尋ねる沖名は、大きな鯉《こい》か何かを想像したようだ。そういえば昔、人面魚というのが流行《はや》ったというのを佐貴は聞いたことがある。

「どうなのでしょう。少なくとも私は、あの池で何も見たことはありませんけれど」

ただ、と瓜子は、口元にまたもあの冥い笑みを浮かべて言葉を続けた。

「もしそれが本当なら、人魚は池を気に入らなかったのかもしれませんね。その後、義母は両親と入り婿《いむこ》であった夫を立て続けに事故や病気で亡くして、生まれたばかりの息子と二人きりで残されることになりました。仕事の方も、ミコトの前身となる会社を始めていたそうですが、なかなか軌道に乗らず、つらい日々を送っていたようです」

「それって、全然守り神にはなっていないような……」

むしろ疫病神だ。佐貴の言葉に、そうですねと瓜子は頷いた。

「ですから義母は、そういった方面の人間に相談をして助言を受けたそうです。相続した両親の遺産を使って池に続く遊歩道を整備し、屋敷も現在の形に建て替えました。より正しい形で人魚を祀るために」

その上で、汐見美奈世は心機一転、会社を再スタートさせたという。

「それまでは化粧品に加えて、無添加の食品や天然素材を使った日用品なども扱っていたのを、化粧品一本に絞り、社名もミコトに変えたといいます。ミコトというのは、生後間もなく死んでしまった姉の名前だったそうですが。結果、その会社は見事に成功したというわけです」

「人魚のご利益があったわけですか」

へえ、と沖名は感心とも呆れともつかない声を発する。

「その時の義母は、そう考えたでしょうね」

凪子自身は、人魚のご利益など信じていないようだ。というより、そうした信仰めいたものを嫌悪しているふしさえ窺える。

「お義母様《かあさま》の美奈世さんは、人魚が男性を引きずり込んでしまうというようなことをおっしゃっていたそうですが。もしかするとこちらの池では、今回の堀内さんの件以外にも、過去にそうした事件か事故があったのではありませんか?」

アーネストが尋ねた。まさかそんなことはないだろうと佐貴は思ったのだが、

「……私の夫の達弥《たつや》も、あの池で命を落としました」

「凪子さんのご主人も?」

沖名と共に、佐貴は目を丸くする。残った息子も、美奈世はそんな形で亡くしてしまったのか。

「人魚を信じていたかどうかはわかりませんが……あの池が特別な場所だという認識は、彼にもあったようです。酔い醒ましの散歩だと言って、夜によく一人であの池へ行っていました。それで……足を滑《すべ》らせたんです。酔っていた上に泳げなかったこともあって、私が見つけた時にはもう、手遅れで……」

「そんな形でお父さんを亡くしたんじゃ……聖蓮ちゃんも、ショックだったでしょうね」

沖名の言葉に、凪子は微妙な表情で「いいえ」と応えた。

「聖蓮はまだ生まれていませんでした。私自身、妊娠に気づいてさえいなかったんです」

「それはまた……」どう反応していいものか、沖名は困ったようだ。

我が子の存在を知らないままに逝《い》ってしまったというのは、果たして幸いだったのか不幸だったのか。佐貴にも判断がつきかねた。

「達弥は人魚に魅入られた——そう、義母は言いました。富を授ける代償の贄《にえ》となったのだと。義母にとっては大切な一人息子で、同時に後継ぎでもありましたから。そうでも思い込まないことには、現実を受け入れられなかったのでしょう。彼はおとなしい人で、押しが弱いところもあったので、日頃から私がサポートする部分も多くあったのですが……肝心なところで私は、彼をサポートできなかったんです」

「そんなことがあった上での今回の堀内さんの事件となると……」

沖名はくしゃくしゃと前髪を掻き回しながら、「人魚の存在を信じる信じないはともかくとして、何とも不気味な感じではあるなあ」

ややうつむき加減で唇の辺りをなぞっていたアーネストが、そこでつと顔を上げた。

「聖蓮さんは今回、調布にある《コーポ大槻》というアパートの一室で見つかったわけですが、瓜子さんはどうお考えですか？　彼女は自らタクシーに乗って、あの場所へ行ったということですが」

「さあ……」夫の話を引きずっているのか、答える瓜子は虚《うつ》ろな様子だった。

「警察には、心当たりがないと話されたそうですね」

「ええ……」

「それでは、辻秀巳という人物のことは？」

「……知りません」

「被害者の堀内さんとも、面識はないということですよね？」

「ありません」と答えた瓜子の隣で、梶原がかすかに眉を動かしたように見えたのは、佐貴の気のせいだっただろうか。

「彼はあの夜、何をしにここへやってきたのか。それについても、心当たりはまったくありませんか？」

「……まるで、警察の方とお話ししているみたいですね」

非難を前面に出すことこそなかったが、警察ではないのになぜこんなことを訊かれなければならないのかと凪子が思っているのは明らかだった。

「申し訳ありません。僕は大家の方から、あのアパートの部屋のことで相談を受けていました。それで現地へ向かったところ聖蓮さんを発見するに至ったので、こちらのお宅で起こった事件と関係があるのではと考えてしまうのです」

「……聖蓮が見つかった部屋には、何か問題があったのですか？」

「過去にあの部屋で亡くなった、辻秀巳さんと思われるスピリット——心のかけらのようなものが、残っていました」

「その辻という人は、二十年ほど前に水取市内を騒がせた《靴蒐集家》事件の犯人だったのでしょう？」

言葉を挟んだのは梶原だ。「その事件のことはよく覚えていますよ。僕は当時、大学へ通うためにこっちへ出てきたばかりでしたが、いきなりそんな物騒《ぶっそう》な事件を知らされて、とにかく驚いたものです。だいぶ経って、犯人が遺体で見つかったというのもニュースで観て覚えています。でも、それと今回の聖蓮ちゃんのこととが関係しているとは思えません。水取市という場所こそ共通していますが、それくらいの偶然は——」

「事件の話は、もうやめましょう」

ぴしゃりと凪子が言った。「このところずっと、警察の方と同じやりとりばかりしています。今日は、聖蓮がお世話になったお礼をするために皆さんをお招きしたのです。こんな日にまで事件の話をすることはないでしょう。今夜の夕食は政恵さんが腕をふるってくれるということですし、それまでは皆さん、二階の客室でどうぞごゆっくりなさって下さい。聖蓮が戻ってきたら、挨拶をするよう言いますので」

「ありがとうございます」アーネストは笑顔で応じてから、

「ですが、人魚が棲んでいるという池の存在はやはり気になるところです。一度、拝見させていただいてもよろしいでしょうか」

3

梶原が案内してくれるというので、一旦客室へ行って手荷物を置いてから、佐貴たちは彼と共に裏庭の池へ向かった。

屋敷のアーチを抜けた先の裏庭は、鬱蒼《うっそう》と木々が茂った森になっていた。アプローチと同様に白い砂利を固めた遊歩道が、白い蛇のようにうねりながら森の奥へと延びている。

「まるで凱旋門《がいせんもん》みたいなお屋敷だと思ったけど――」

沖名が足を止め、後方の屋敷を仰ぎ見る。「人魚を祀るためにつくられたということなら、あれは鳥居のようなものなのかな」

「そうなると、この遊歩道は池に続く参道ってことになりますね」と佐貴。

裏庭は思った以上に広く、奥行きもありそうだ。もはやこれは裏庭とは呼べない気がする。屋敷はまさに森の入り口の門といったふうだった。

しかし——南国リゾートを思わせる表側の明るさに対して、裏側のこの陰気さはどうだろう。本来であれば森林浴にはもってこいの時季であるはずなのに、ここの木々の葉は重なりあって影を濃くしているせいか、黒ずんだ緑色に見える。新緑の清々しい明るさというものは、見事なまでに皆無だった。

誰も言葉を発することなく、ただ黙々と遊歩道を歩く。男ばかりが四人。汐見美奈世が健在だったら、こうして自分たちが池へ向かうことは許さなかったはずだ。そう思うと、木々の間からこちらを睨《にら》みつける美奈世の霊が今にも姿を現しそうな気がして、ひんやりとした涼しさもたちまち悪寒にとって代わった。

曲がりくねった遊歩道を進んで行くにつれて、段々と空気が重くなっていくように感じられた。しかも風に乗ってときおり、奇妙な臭いが漂ってくる。

長年放置された、水槽のような臭い……腐った水の臭い。

《コーポ大槻》の二〇二号室が脳裏に浮かぶと同時に、自身が夢の中にいる錯覚に佐貴はとらわれた。

自分たちは本当は今、あの部屋にいるのかもしれない。最初に部屋に足を踏み入れたあの時に居眠りをして、そのまま長い夢を見ているのでは——？

そんなことを考えて歩を進めていると、やがて視界が開けた。

森の中にある、暗くよどんだ池。まさしく、あの部屋で見るという夢の通りの光景が目の前に存在していた。

ほぼ円形をした池は、悠々と泳ぎ回れるくらいの——実際に泳ぎたくはないが——大きさがあった。池の向こうには、丸太づくりのベンチがひとつ置かれている。

そのベンチに、うつむき加減で座っている少女の姿があった。

聖蓮だ。彼女の足元には、黒っぽい大きな犬が寝そべっている。梶原の飼い犬だというゴードンだろう。

犬はむくりと身体を起こすと、ウォンウォンと嬉しそうな声を上げて駆け寄ってきた。

その反応でこちらに気づき、聖蓮は弾かれたようにベンチから立ち上がる。

尻尾《しっぽ》を振り回して飼い主に飛びつくゴードンから、かなり遅れる形で彼女はゆっくりと近づいてきた。

「来て……くれたんですね」

アーネストを見上げ、聖蓮は嬉しそうに微笑んだ。

「必ず会いにくると、約束をしたでしょう?」

アーネストもまた、優しい笑顔で応じる。

「そうですね。わたし、大切な時計を預かったままでしたし」

聖蓮は深緑色のスカートのポケットから懐中時計を取り出すと、礼の言葉と共にアーネストに差し出した。少し名残惜しそうなその様子からは、彼女がこれまでその時計を、ある種の心の支えとして大切に持っていたらしいことが察せられた。

「このようなものがなくても、ちゃんと会いにきましたよ」

受け取った時計をしまうと、アーネストは実に自然な動作でもって聖蓮の頰に触れた。

「顔色があまりよくありませんね。ここで何をしていたのですか？」

「記憶を、取り戻さなきゃいけないと思って……。そのためには、この場所にいないといけない気がするんです」

ちらりと池の方を見て、「だけど」と聖蓮は首を振る。「だめなんです。思い出そうとすると、頭が痛くなって。ずっとここにいると、段々胸が重苦しい感じがして、気分が悪くなってくるんです」

「あなたは元々スピリットの影響を受けやすい上に、今はとても無防備な状態なのです。ここにいるのはあまりよくありません。無理はせずに、戻って休んだ方がいいですよ」

「でも……」

「聖蓮ちゃんがおいしいって言ってくれたマフィン、また作って持ってきたんだ」

佐貴の言葉に、うつむいた聖蓮の顔が上がる。

「政恵さんに渡してあるから。戻って、食べてもらえると嬉しいな」

「ありがとうございます」

聖蓮の顔に、ふんわりと笑みが広がった。「わたし、あれ、とても好きです」

その笑顔と言葉だけで、充分作ってきた甲斐があるというものだ。

「それじゃあ……わたし、戻ります」

「一人で大丈夫?」

何なら沖名に付き添わせようと佐貴は思ったのだが、

「大丈夫です。この子がいるから」

任せろ、とばかりにゴードンが力強く吠《ほ》える。ポイントに白と茶が入った、垂れ耳でふさふさとした毛並みの大型犬。バーニーズ・マウンテンドッグのゴードンは、姫君を守る忠実な騎士のごとく、しっかりと聖蓮に寄り添って共にその場を去って行った。

「あなたたちに来てもらえてよかったです」

小さくなっていく一人と一匹の後ろ姿を見送りながら、梶原が言った。「ここへ戻ってきてから、聖蓮ちゃんのあんなに嬉しそうな顔は初めて見ました」

「そう言ってもらえると、俺たちとしても嬉しいです」

なあ、とアーネストに同意を求めるも、返事はない。

アーネストは池に向き合い、心持ち険しさを帯びた瞳にその景色を映していた。

「先日亡くなった堀内さんは、あの辺りにうつ伏せの状態で浮かんでいたそうです」

ベンチのそばの岸から、一メートルほど離れた水面を梶原が指差す。

かつて凪子の夫までをも呑み込んだという池。暗緑色をしたその池は、どこまでも暗く寂しい印象だった。鯉や亀《かめ》といった生き物の姿もなく、水面に蓮の花が咲いているということもない。ただ静かに水が横たわっている。

「とても、人魚がいるような場所には思えないけど……」

そもそも人魚というのは海に棲む生き物だ。エメラルドグリーンに輝く海こそ人魚にはふさわしい。

対してここは、見ているとどんどん気持ちが滅入《めい》っていく、暗緑色に沈んだ池だ。こんなところに人魚がいるとすれば、既に死んで底で腐っているのではないだろうか。

「どちらかといえば、河童《かっぱ》がいそうだね」

沖名は言ってから、「あ、河童も川にいるものだったっけ」

「ここには何もいませんよ」

きっぱりと梶原が言った。「警察の人たちが池に潜りましたが、魚の死骸《しがい》ひとつ見つからなかったということです」

「さっきの口ぶりからして、凪子さんは人魚の存在を信じていないようでしたけど。梶原さんも、やっぱり信じてはいませんか?」沖名が尋ねた。

「美しい海に棲む人魚なら信じたいと思いますが。こんな場所に棲むような人魚は、信じたいとは思いませんね。それに僕は、ひたすら内へ向かって閉じていく、こういう類《たぐ》いの信仰はどうにも苦手です。この家に問題があるとすれば人魚ではなくて、起こったことのすべてを人魚のせいにしてしまう、考え方の方ではないでしょうか」

「ごもっともです」沖名は頷いた。

「凪子さんのご主人は、酔っていた上に泳げなかったため、溺死してしまったということでしたが――」

黙って池を見つめていたアーネストが口を開いた。「堀内さんの方はどうだったのでしょうか？」

それは訊く相手が間違っているのではないかと佐貴は思ったが、

「酔ってもいなかったし、泳ぎも得意だったみたいですね」

案に相違して梶原は答えた。

「だから、余計に聖蓮ちゃんが疑われているんですよ。でも、どんなに泳ぎが得意な人間だって、溺《おぼ》れる時は溺れるでしょう。突然冷たい水の中に落ちれば、身体が動かなくなっても不思議ではありません。この池は意外と深さがあるみたいですし、堀内さんの足には水草が絡んでいたともいいますから、それでパニックになったということも考えられます」

梶原はそこで、きゅっと唇を嚙みしめた。

「僕としてはあの日、聖蓮ちゃんを一人にしてしまったことが悔やまれてならないんです。僕が残っていれば、あのような事態は防げたかもしれない。池に落ちた彼を引きあげることができたかもしれないし、それ以前に、池に近づくことを止められたかもしれません」

「梶原さんは事件の日に、こちらにいらしていたのですか？」

「ええ。五月十四日は、聖蓮ちゃんの誕生日だったんですよ。政恵さんに法事の予定が入っていたのでパーティーは翌日に繰り越すことになっていましたが、プレゼントだけでも渡そうと思って、彼女が欲しがっていた画材のセットを持ってここへ来たんです。でも、夕方になって突然、トラブルの連絡が入って……。凪子さんと一緒に会社へ向かいました。聖蓮ちゃんを一人にするのは心配だったんですが、大丈夫だと彼女も言ってくれたので、なるべく早く戻ってくるからと言い置いて出かけたんです。だけど結局、その日のうちには帰れなくなってしまって……」

翌日、警察から連絡を受けて、凪子と共に慌てて戻る形になったという。

「なぜあの夜、聖蓮ちゃんを一人にしてしまったのか……。今更悔やんだところで無駄だとわかってはいますが、どうしても悔やまずにはいられません。トラブルの対応に、必ずしも僕は必要ではなかったのに。気になって、凪子さんと一緒に行ってしまった……」

深く息を吐きながら、梶原は恨めしそうな目を池に向けた。

「もう少しだったんです。もう少しで聖蓮ちゃんは、ここから――美奈世さんから、解放されるところだったのに……」

「美奈世さんから解放されるって、どういう意味です？」沖名が問うた。

「聖蓮ちゃんは、文字通りの箱入り娘でした。美奈世さんによって、この敷地からほとんど出されることなく育てられてきたんですよ」

「ほとんど出されることなく……？」佐貴は唖然《あぜん》とする。「学校はどうしてたんですか？」

「高校は行かせずに、美奈世さんが選んだ優秀な人材を家庭教師としてつけていたようです。小中学校は義務教育なので通わせていたようですが、余計な活動はさせず、放課後に友達と遊ばせることもなかったとか。ミコトの後継者としてふさわしい人間に育てるべく、美奈世さんは聖蓮ちゃんのことを徹底的に管理していたんですよ。躾《しつけ》や教育、日常生活に至るまで。後継者ということであれば、むしろ積極的に外に出して様々な人間と触れ合わせるべきだと僕などは思うのですが……美奈世さんは違ったようです」

「そんな状況を……聖蓮ちゃんは受け入れていたんですか？　抵抗することもなく？」

「僕が会った頃には、彼女は既に諦めているふうに見えました。長年美奈世さんから言い聞かせられてきたことで、自分はここを出てはいけないのだと、彼女自身が思い込んでいるようでした。けれど、美奈世さんが亡くなって……聖蓮ちゃんのそうした環境も、ようやく変えられる兆《きざ》しが見えてきたところだったんです」

それなのに、こんなことになってしまって——悔しげに言い、梶原は再びきつく唇を噛みしめる。

佐貴の横でアーネストは、怖いくらいの無表情を保《たも》ち、じっと池を見つめていた。

「そろそろ戻りましょうか。ずっといても、楽しい場所ではないでしょうから」

気を取り直すように、梶原が言った。

「先に戻っていて下さい。僕は、もう少しここにいます」

アーネストは答える。霊媒師としての目で改めて確認するため、一人になって集中したいということなのだろう。察した佐貴は、「行きましょう」と梶原たちを促した。

アーネスト一人をその場に残し、梶原と沖名と共に遊歩道を戻りかけた佐貴は、ふと何気なく池を振り返り、足を止めた。

「佐貴君?」隣を歩いていた沖名が不思議そうに足を止める。

「すいません。やっぱり、先に行ってて下さい」

二人に言い置いて、佐貴は池の方へと引き返した。

池のほとりに佇む彼の姿が、今にもすうっと池の中に吸い込まれてしまいそうに、ひどく頼りなげに見えたからだった。

4

アーネストは目を閉じて静かに池に向き合っていたが、佐貴が近づくと目を開き、感情を映さない瞳をこちらに向けてきた。

「どうかしたのかい？」

「いや……」そう訊かれると返答に困ってしまう。「何となく、さ。邪魔しないから、ここにいてもいいか？」

アーネストは答えず、顔を池の方に戻した。それを承諾と受け取り、佐貴はアーネストと並んで池を眺める。

「この池なのかな。あのアパートの部屋で見るっていう夢の場所は」

邪魔しないと言ったにもかかわらず、つい佐貴は尋ねてしまったが、

「恐らくはね。でも、確実なことは言えないな。僕は実際にその夢を見ていないから」

特に迷惑がるふうでもなく、アーネストは答えてくれた。

「それはそうだ」やはり、大槻にも来てもらうべきだったかもしれない。

「アーティの目で見て、この池はどうだ？」

「汐見美奈世が相談をした『そういった方面の人間』がどういう人間で、どのような意図

をもって助言したか知らないけれど、僕に言わせれば大きな判断ミスだ」

「判断ミス？」

「元々、この池はあまりいいものではなかった。その上に遊歩道をつくり、ああした形の屋敷を建てた。それは状況を改善するどころか、むしろより厄介にしたと言わざるを得ない。現在のこの池は、色んなスピリットがまじり合って溜まってしまっている状態だ」

「色んなスピリット？　ひとつじゃないのか？」

「もとはひとつだったのかもしれないけど、今はもうそれを見極められる状態じゃない。ここは、非常に溜まりやすい場所になっているんだよ」

「溜まりやすいって、スピリットが？」

「ああ。別の言い方をするなら、『気』というやつだね。門の形をした屋敷をくぐり、遊歩道を通って、この池に至る。スピリットを導く流れができてしまっているんだ。スピリットというのは水にひかれる性質があるから、そうして導かれて集まったものたちは池の中にとどまる。水が流れていれば一緒にスピリットも流れていくけれど、水が溜まっていると集まってきたスピリットもまた溜まっていく。空気中を舞う埃が、床に落ちて溜まっていくようにね。そうしてそれが固まると、人によくない影響を及ぼすようになる」

「よくない影響って？」

「思考や感情がマイナス方向に傾きやすくなったり、精神が不安定になったり。もちろん、そうした影響の受けやすさには、個人差があるけどね」

埃まみれの部屋に住み続ければ気持ちは荒《すさ》んでくるだろうし、体調も崩すだろう。そう考えると、埃というのはなかなか絶妙なたとえなのかもしれなかった。

「水が溜まるところにスピリットも溜まり、それがよくない影響を及ぼすってことは、全国にある池や湖はどうなるんだ？　この近くには水取湖もあるけど」

「スピリットが集まり、溜まりやすいという意味ではその通りだよ。でも、ある程度散らすことができていれば問題はない」

「散らすって、霊媒師なんかに頼んでお祓いしてもらうってことか？」

「場合によってはそうした方法も必要になるかもしれないけど、公園にある池や観光地になっている湖などはその必要はないと思う。生き物の活力がスピリットを散らすからね」

「生き物の活力？」

「人や動物が歩くと埃が散らされるように、中で泳いでいる生物やそこを行き来する人間の活力でもって、溜まったスピリットも散らされるんだよ。よほど溜め込まれていたり、特殊なものがとどまっていたりしない限りは、それで充分だ」

問題は、とアーネストは目の前の池に改めて向き直る。

「こうした動きのない水場だ。水の流れもなく、動物が泳ぐでもなく、人の活気があるわけでもない。その上ここには、スピリットを招き入れる通り道がつくられている。もしかすると美奈世さんに助言を与えた人間は、相次ぐ不幸の原因を守り神の力の不足と考えて、より大きな力を与えようとしたのかもしれないけれど。むやみにスピリットを集めるのは、とても危険なことだ」

「凪子さんはこの池で何も見たことがないって言ってたから……少なくとも二十年ぐらいは、散らすものもなくスピリットは溜まる一方だったってことか」

佐貴の目にはもちろん溜まっているスピリットなど見えないし、感じもしないけれど、『二十年分の埃』というたとえで想像してみると心底ぞっとした。

「この状況下で数十年も手つかずのままだったとしたら、もっとひどい状態になっているはずだ。恐らく、定期的にある程度は散らされていたんだろうね」

「散らされてたって、どうやって？」

まさか、誰かが泳いでいたのだろうか。

「過去のことはわからないけれど、ここ数年でいうならたぶん、聖蓮の歌だろう」

アーネストと同じ『音』を持つ聖蓮の歌。そうした力があってもおかしくはない。

「スピリットが溜まりやすい状況に一番効果的なのはやはり、浄化の力を持つ人間が働きかけることだ。聖蓮の歌には、僕のヴァイオリンと同じように浄化の力がある。彼女はこの池で歌っていたんだろう。自覚があったかどうかはわからないけど、そうすることで集まってくる新たなスピリットたちを結果的に散らしていたんだ」

「自覚がなくて浄霊はできるものなのか？」

アーネストが仕事として行う浄霊というのは、地道な調査を重ね、その場にまつわる事情のすべてを知って初めて行えるものだ。深い理解と共感。それが浄霊を成功させる鍵となる。ただ音を奏でるだけで成功するような、簡単なものでは決してないはずだ。

「浄霊は無理だろうね。理解の有無だけでなく、それなりの技術も必要だから。訓練をすれば、彼女もできるようになるかもしれないけれど。『散らす』というのは、浄霊とは別物だよ。小さな埃を払うことはできても、塊《かたまり》になってしまったものには効果はない。だからそれ以上大きくしないよう、抑え込むことしかできない。言ってみれば対症療法だね」

対症療法。彼は、どこで学んだのだろうと思うような日本語をしばしば口にする。

「塊を消して完全に綺麗にするには、浄霊か除霊が必要だ。でも、これほど雑多な状態になってしまったものには浄霊はもう不可能だから、やるとしたら除霊しかないね」

除霊というのは彼いわく、技術ではなく力で対処する方法らしい。原因や正体をいちいち探る必要はなく、スピリットを抑え込む力さえあればできる上に、そもそも浄霊をできる者が少ないということもあって、一般的にはこちらの方法がとられることが多いようだ。けれど力業というものを好まないアーネストは、基本的には浄霊という方法で問題を解決することをよしとする。

「ただ、除霊をして綺麗にしたとしても、スピリットの通り道とこの池がある限り、いずれはまた溜まってしまうだろう。本当の意味での解決を望むなら、それをどうにかする必要がある。特にこの池は、早急に壊した方がいいだろうね」

「今回は、浄霊じゃなくて除霊なんだな。それってやっぱり、ヴァイオリンを弾くのか？」

佐貴は、アーネストが除霊をするのはこれまで見たことがなかった。

「僕の場合はそうだね。音を使うという点では、浄霊と変わらない。ただ、調査が必要な浄霊と違って、除霊はヴァイオリンがあれば今すぐにでもできる」

彼のヴァイオリンは、佐貴たちの手荷物と一緒に屋敷の客室に置いてある。

「後でもう一度来て、除霊をしよう。それで僕の役目は終了だ」

「終了？」

「もちろんその後に、凪子さんたちに池の対処について説明しておくけどね」

足を動かしかけたアーネストに、

「堀内さんのスピリットは、ここにはいないのか？」佐貴は訊いてみた。

「なぜ？」

「いや。もしいるなら、事情を聞けるんじゃないかなって」

「……事情を聞いてどうするんだい？」

「真実がわかれば、聖蓮ちゃんを助けられるかもしれないじゃないか」

「助ける?」

「幽霊の言葉じゃ証拠にはならないだろうけどさ。自分が無実だってわかれば、ちょっとは安心できるだろうし。それに、記憶を取り戻すこともできるかもしれないだろ」

「君は、彼女に記憶を取り戻させたいのか?」

そんなことを訊かれるとは思ってもみなかったので、佐貴は驚いた。

「当たり前だろ。まさか、アーティは今のままでいいと思ってるのか? 彼女は堀内さんを殺したかもしれないって疑われてるんだぞ」

「彼女に記憶を取り戻させることが、彼女の救いになるとは僕は思わない」

「何言ってんだよ。さっきまではお前、やる気満々で事件のこととかを凪子さんたちに訊いてたじゃないか」

「聖蓮の事情を知らなかったからだ」

「事情って……」彼の言わんとすることが、佐貴にはすぐにわかった。「美奈世さんに管理されて、この敷地からほとんど出ずに育てられたってことか」

「記憶を取り戻せば、彼女はまたこの場所に繋がれる」

無機質な声で言ったアーネストは、声と同様の瞳を自らの両手に落とした。

その瞳が何を映しているのか、佐貴は知っていた。でもまさか、まだそれが見えているとは思わなかった。

だって彼は今、ここにいる。この国にいるのに――

英国に留学していた頃、知り合って間もないアーネストに、佐貴は自分の国について話して聞かせた。普段ほとんど感情を映すことのない彼の硬い瞳に、いつにない好奇心が浮かんだことがとても新鮮で、何やら嬉しかったのを覚えている。

日本の桜が見てみたいのだと、どこか遠慮がちにアーネストは言った。だから佐貴は「来いよ」と誘ったのだ。「俺が案内してやるから」と。

ところが、アーネストは首を横に振った。人形めいた硬質さを取り戻し、「行かれない」と答える彼はひどく頑《かたく》なだった。

「どうして?」佐貴が尋ねると、ガラス玉と化した双眸《そうぼう》を自らの両手に落として、彼は言ったのだ。

鎖があるから――と。

アーネストが現在も、アルグライトの家と自らの『呪い』にとらわれているのは事実だ。

それでも彼は今、こうして日本に来ている。念願の桜を見ることもできたし、当初は反対されたという実家とどのような折り合いをつけたのかは知らないが、地守邸にホームステイすることさえ叶《かな》っている。

だから佐貴は、いい方向に向かっていると思っていた。アーネストは心身ともに、確実に解放への道を歩んでいる。少なくとも、彼が自らの両手に鎖を見ることはないだろうと。

それなのに――変わっていないのだ。アーネストの目には、自分を縛りつける鎖が今も変わらず見えている。その事実に、佐貴は少なからずショックを受けた。

「でも……彼女を縛っていた美奈世さんはもういないだろ」

「記憶が彼女を縛る。鎖の痕《あと》は、そう簡単に消えてなくなりはしない」

「じゃあアーティは、何が彼女の救いだと思うんだ?」

ぐっと拳《こぶし》を握りしめ、佐貴はアーネストを見据えた。「お前は、どういう形で彼女を救おうとしてるんだよ?」

「誰かに救ってもらいたいとか、誰かを救おうと思うのは、愚かかつ傲慢《ごうまん》なことだ。生きた人間を救えるのは、本人だけだよ」

「だけどお前は、実際に人を救ってるじゃないか」

「もしもそうだとしたら、それは結果論だ」

言って、アーネストはくるりと背を向けた。佐貴の言葉と存在を拒絶するように。

「嘘つくなよ」

「嘘?」聞き捨てならないとばかりにアーネストが振り返る。

「彼女の事情を聞くまでは、助けようとしてたんだろ。記憶を取り戻させてやりたいと思ってたんだろ。だからこそ、この池や事件のことを知ろうとしたんじゃないのか?」

「君のお節介が移ったんだ。僕の本来の目的は聖蓮との約束を果たすことと、アンティーニの人形の有無を確認することだったのにね。だけど彼女との約束はもう果たしたし、アンティーニの人形も今回は関わっていないようだとわかった」

「だから、何もしないっていうのか?」

「池の除霊はすると言っているじゃないか」

「それが何になるんだよ。スピリットはいなくなりました。めでたしめでたし、なんてことになるのか?」

くっとアーネストが笑った。こちらの背筋をぞくりとさせるような、底知れない闇を含んだ——それでいて妙にあでやかな笑いだった。

「まさか君まで、僕が人助けをする霊媒探偵だと勘違いしているわけじゃないだろう? 僕には生きた人間同士の問題を解決する義務も、権利もない。僕が動くのは、あくまで死者のためだ。死者は自分で自分を救うことができないからね。けれど現状で、僕に救いを求めるスピリットは存在しない。辻秀巳のスピリットはアパートの取り壊しと共に自然と消えていくだろう。聖蓮の記憶を封じたのが彼のスピリットだというなら、その意志を尊重することこそが僕の役目だ」

ひと息にそう告げた後、アーネストはとどめとばかりにつけ加えた。

「僕は堀内さんの死の真相に興味はないし、聖蓮の記憶が戻ることも望んではいない。彼女の救いというなら、今の状態がそうだと考えるべきだ」

再び背を向けると、アーネストは歩いて行った。一度も振り返ることなく、佐貴を一人池に残して。

小さくなっていく彼の後ろ姿を見つめながら、佐貴はその場を動けずにいた。

と——ぱきんと右手の森の中で、枝を踏み鳴らす音が聞こえた。

音のした方を見ると、木の陰から気まずそうにこちらを窺っている顔と目が合った。

沖名だった。

5

「沖名さん」佐貴の身体から力が抜ける。「何してるんですか、そんなところで」

「いや、ごめん。立ち聞きするつもりじゃなかったんだけどね」

立ち聞きしていたらしい。頭を掻きながら、沖名はこちらへ近づいてくる。

「池の写真を撮っておこうと思って、途中で引き返してきたんだよ。あのアパートで見る池の夢っていうのがこの池のことなのか、写メを送って大槻さんに確認しようと思って」

そうか。本人を連れてこなくてもその手があった。

「そうしたら君たちが真剣に話してて……割り込める雰囲気じゃなかったからさ」

携帯を取り出すと沖名は、カメラモードにしてさっそく池を撮影し始めた。

そのまま立ち去るわけにもいかず、佐貴は沖名の撮影を見守る格好になる。

「アーネスト君てさ」

ディスプレイ越しに池を眺めながら、沖名がふと口を開いた。「見ていてメンタルがすごく強いんだろうなって思う反面、すごく脆《もろ》いんだろうなっていう気もしたんだよね」

カメラモードを解除し、沖名は携帯をポケットにしまう。

「その理由がわかったよ。彼、強くあらねばならないって必要以上に気負っているんだ」

「……そうかもしれませんね」

沖名の洞察力に感心すると同時に既視感を覚えながら、佐貴は頷く。

「もっと力を抜いた方が楽なのに。一体、どういう環境で過ごしてきたのかな。彼はまるで、甲冑《かっちゅう》で完全防備をして常に戦いにそなえているようじゃないか」

沖名の比喩《ひゆ》は言い得て妙だった。佐貴は思わず笑ったが、それは変に力ない笑いになってしまった。

「あいつも、聖蓮ちゃんと同じなんですよ」

「同じ『音』を持ってるって?」

「それだけじゃなくて……。知り合った頃に聞いたんですけど、アーティも学校には通っていないんです。特にあいつの場合は、こっちで言うところの小学校や中学校にも行かずに、ずっと実家で家庭教師の教育を受けてきたって。聖蓮ちゃんみたいに敷地内から出してもらえないってことはなかったみたいだけど、常に監視の目が光っているような、そういう環境の中であいつも育ってきたんです。同年代の友人もなく、大人たちに囲まれて」

アルグライト家の敷地はここことは比べものにならないくらいに広いものだったが、だからこそアーネストの孤独は大きく、深いものだっただろうと佐貴には察せられた。

「今もあいつは人形みたいなところがあるけど、初めて会った頃のアーティはそれこそ本当に人形みたいでした。不気味なくらいに生きてる感じがしなくて。喋《しゃべ》ったり、微笑んだりしても、人形が人間の真似事をしているみたいで」

「それを人間にしたのが佐貴君なんだね」

「俺……ですか？」

「佐貴君が出会った頃はそうだった。でも、今はそうじゃない。つまりそれは、佐貴君と出会ったからってことだろう？　暗く閉ざされたアーネスト君の世界に、君が小さな灯《ひ》をともしたんだ」

「俺はただ、あいつと友達になったってだけですよ。小説家だけあって、言うことが大げさですね」

「大げさか。確かにそうかもしれない。君にはそれまでにもたくさん友達がいたんだろうし、君にとっては友達なんて特別でも何でもないものだ。君に限らず大抵の人間はそうだろうね。数の多い少ない、付き合いの深い浅いはともかくとして、友達というのはいて当たり前のものだ。

だけどアーネスト君は違った。彼にはそれまで友達と呼べる存在がいなかった。君にとってはたくさんあるもののひとつでも、彼にとっては唯一のものだったんだとしたら、その価値はおのずと変わってくるじゃないか。たとえば百円の水だって、砂漠のど真ん中で遭難している人間にとってみれば、ダイヤモンドに等しいものになる」

「それは……そうかもしれませんけど」

「君の存在は、君自身が思う以上にアーネスト君にとっては大きいと思う。君はもっとうぬぼれていいんじゃないかな」

「うぬぼれてって……」

「言い方を変えるなら、その価値の差を自覚した方がいい。君にとっては何気ないことが時に相手を救うかもしれないし、逆に深く傷つけもするかもしれない。まあ、これはアーネスト君との関係に限ったことではないけどね」

価値の差。佐貴は自らの言動を思い返す。自分は、アーネストを傷つけてしまっただろうか。

「さっきのアーネスト君もさ、あんな言い方をしたのはきっと、今の彼にはそれ以外の方法が見つけられていないからなんだと思うよ。彼だって本心は、聖蓮ちゃんを助けたいはずだよ。今のままがベストだなんて本気で思ってはいないさ。だけど、自分と似ているからこそアーネスト君には、何が彼女の救いになるのかわからない。どうすれば助けられるのかわからない。そういうことじゃないのかな」

もし沖名が言う通り、佐貴が本当にアーネストの世界に小さな灯をともしたのだとしても、その世界から彼を救い出すには至っていない。彼の瞳はまだ、自らの両手に絡みつく鎖の存在を映している。

閉ざされた暗い部屋から脱出するすべを見つけられていない今の彼にとって、救いとは聖蓮の現状なのだろうか。鎖や部屋の存在を忘れてしまうこと。自分を自分たらしめるものをすべて失い、光も闇もない灰色の空間を漂うこと。

「俺は……やっぱり、今のままでいいとは思いません」

もしもアーネストが今の聖蓮の状態を羨んでいるのなら——それが自分の救いだと考えているのなら——それは、あまりにも悲しいではないか。

「自分がそれまで何を考えて、どうやって生きてきたのか。自分が何をしたのか。わからない状態はすごく不安で苦しいはずです。たとえ人から教えられたとしても、それは自分のものじゃない。だから、俺は聖蓮ちゃんに記憶を取り戻させたい。自分は無実なのだと安心させたい。彼女は堀内さんを殺したりしていないと、俺は信じます」

「結果的に、無実じゃなかったら?」

意地悪な問いをぶつけてくる沖名の瞳はしかし、いつになく真剣な光を湛《たた》えていた。

「記憶を取り戻すことで、彼女が絶望の淵《ふち》に沈むことになったら、どうするんだい?」

「引きあげますよ」

半ば勢いで佐貴は答えた。「沈んだら、引きあげればいいだけのことです」

「簡単に言うね」

「いちいち難しく考えていたら、何もできないじゃないですか。案ずるより産むが易《やす》しっていうでしょう」

「君、結構無茶苦茶《むちゃくちゃ》なやつだなあ」

瞳をやわらげ、沖名は楽しそうに笑った。

「大丈夫です。アーティと、沖名さんもいますし」

「僕?」沖名はきょとんとして自らの顔を指差す。

「沖名さんの図々しさと空気を読まない明るさは、結構貴重だと思いますよ」

「……気のせいかな。全然褒められてるように聞こえないんだけど」

いつかのお返しだ。「気のせいですよ」と佐貴は流して、

「お陰で吹っ切れた気がします。ついでにひとつ、告白させてもらっていいですか」

「愛の告白だったら、ちょっと無理だけどね」

こっちだって無理だ。違いますよ、と佐貴は返す。

「実は、沖名さんとよく似た人を知っていました。それで今まで、つい重ねて見ちゃう部分があったんです」

「僕とよく似たやつ、ねぇ」

自分の顔を確かめるように沖名は頬をさする。

「あ、いや。顔は全然似てませんよ。性格とか雰囲気です。アーティについても同じことを言ってたなって、さっき思い出しました」

「その人って、今は？」

佐貴は首を振る。「以前関わった事件で知り合ったんですけど、その時に……」

ふうんと沖名は、今度は頬を掻いた。

「すみません。沖名さんには不快な話でしたよね」

「そんなことはないよ。逆に、打ち明けてもらえてちょっと嬉しいかな。それって、僕のことを仲間として認めてくれたってことだろう？」

「それは……」どうだろう、と佐貴が首をひねると、「そりゃあないよ」と沖名は情けない顔になった。

けれど、すぐに真顔に戻り、

「いつか、話してよ」

「え？」

「その事件のこと。それと、アーネスト君との出会いについてもね」

「……書く気ですね？」

いやいや、と沖名は即座に両手と首を振る。

「《霊媒探偵の事件簿》なんてものは書かないから、大丈夫」

絶対書く気だ。苦笑しつつ、「いつか」と佐貴は答えた。

6

沖名と共に屋敷に戻った時には既に三時を過ぎていて、リビングにはアーネストと聖蓮、そしてゴードンの姿があった。

ゴードンの相手をしつつ、二人は笑顔で楽しそうに話をしている。そんな彼らの世界を壊してしまうことを、佐貴は躊躇《ちゅうちょ》しなかった。その後にためらいがちに沖名が続くのは、いつかとは逆の姿だ。

「あ、佐貴さん。マフィン、いただきました。とてもおいしかったです」

佐貴の表情に何かを感じたらしい。聖蓮の顔からたちまち笑みが薄れていく。

「……どうかしたんですか？」

アーネストの方は早くも完全な無表情に戻っており、ゴードンだけが嬉しそうに尻尾を振って佐貴のもとに寄ってくる。

「聖蓮ちゃんが記憶を取り戻せるよう、俺たちは協力するから」

ゴードンの頭を撫でながら、佐貴は宣言した。隣で沖名が微妙な笑みを滲《にじ》ませたのは、「俺たち」と当然のように自らの存在が含まれたためだろう。

聖蓮はちらとアーネストを窺った。「無理に記憶を取り戻す必要はない」と彼に言われたばかりだったに違いない。

「聖蓮ちゃんは、記憶を取り戻そうとしてあの池へ行ったんだよな。このままじゃだめだって思ったからだろ。俺もそう思うよ。そのままじゃいけない。どんなにつらい記憶だとしても、聖蓮ちゃんの一部なんだから。やっぱり、取り戻さなきゃいけないんだよ」

「でも……どうしたらいいのか、わからないんです」

「聖蓮ちゃんの記憶喪失がスピリットに関係するものなんだとしたら、きっとアーティが方法を知ってるよ」

なあ、とアーネストに振ると、

「知らないよ、そんなものは」アーネストはふいと顔をそむけた。

「アーティ。俺はいつも、お前のやり方は正しいって思うし、だからこそ賛成もするけど、今回ばかりは反対だ。自分の逃げを彼女に押し付けるなよ。彼女は立ち向かおうとしているんだから、その意志をそぐような真似はするな」

「……原因が何であれ、記憶を失うだけの理由が彼女にはあったということだ。その意味を、君は本当に考えたことがあるのか？　『つらい記憶』などと簡単に言うけれど、それが当人にとってどれほどのものなのか——それを取り戻し、再び抱えて生きるというのがどういうことなのか、君はちゃんと考えたことがあるのか？」

「考えたからどうなるっていうんだよ。それがどんなにつらいのかなんて、結局は本人にしかわからないことだ。それを考えて俺たちが怖気《おじけ》づいたって何の意味もない。俺たちが考えるのは、『どんなにつらいのか』じゃなくて、『どうやってそれを支えるか』だろ」

「…………」

アーネストの瞳が佐貴に向く。その奥に秘められた深い森の、かすかなざわめきを佐貴は感じた。

「一人ですべてを抱え込むことを前提で考えるからいけないんだ。どうして一人だって思うんだよ。助けてくれる人間が周りにはちゃんといる。一人なんかじゃないだろ」

聖蓮のことを話していたつもりが、いつの間にかアーネストに言い聞かせる形になっていたが、構わず佐貴は続けた。

「少なくとも、俺は助けるよ。友達が困っていたら助けるし、冥い場所に沈んでしまいそうになったら、引きあげる。絶対に」

「……そこは、『俺たち』じゃないんだね」ぼそりと沖名が呟く。

「あ、いや。俺たちが助けるから！」

佐貴は慌てて言い直した。「だから、大丈夫だって」

「…………」

アーネストはなおも無言で佐貴を見つめていた。今の言葉は、ちゃんと彼の心に届いただろうか。もとの静けさを取り戻した彼の瞳の奥は読めない。

「……と、この男は言っていますが」

やがてアーネストは言って、くるりと聖蓮に顔を向けた。「どう思いますか？」

「わたしは……取り戻したいです」

小さい声だったが、はっきりと聖蓮は答えた。

「自分のことはもちろん、あの池で何があったのか……どうしてあの人は死んでしまったのか。わたしは、知りたいです。知らなければならないと思います。もし本当にわたしが殺してしまったというなら……ちゃんと、償いもしないといけないと思いますから」

自らが殺してしまった可能性までをきちんと受け止め、償いまで考えている。汐見聖蓮という少女の芯《しん》の強さを佐貴は見た気がした。

「ほら、聖蓮ちゃんもこう言ってるし。もったいぶらずに教えろよ、アーティ」

「何を」ぶっきらぼうにアーネストは応える。

「決まってるだろ。聖蓮ちゃんの記憶を取り戻す方法だよ」

「そんなもの、知ってるはずがないだろう。僕は魔法使いじゃない」

「……本当に知らないのか?」

「確実に記憶を取り戻せる方法なんて知らない。もしかしたら取り戻せるかもしれない方法というのなら、ひとつあるけれど」

「やっぱりあるんじゃないか。で、その方法って?」

アーネストは観念したように、深いため息をひとつついてから、

「彼女が歌っていた歌を、僕があの池でヴァイオリンで奏でる。そうすれば彼女自身のスピリットと共鳴して、眠った記憶を呼び起こすことができるかもしれない」

さらりと彼は言ったが、あのアパートでたった一度聞いただけの歌を再現するなど、佐貴には到底真似できない芸当だ。アーネストは、絶対音感の持ち主なのかもしれない。

「といっても、ただあの歌を奏でるだけでは意味がない。スピリットと共鳴させられる音を出すには、もう少し情報を集める必要がある」

ヴァイオリンを奏でることで聖蓮の記憶がよみがえり、それによってすべての真相が明らかになり、解決——と簡単にはいかないようだ。

けれども、どうやら霊媒探偵は再びやる気を出してくれたようである。

「具体的に、どんな情報が必要なんだ?」佐貴は問う。

「とりあえずは堀内さんについてだね。事件当日、彼がどのような目的でここへやってきたのか。その程度は理解しておきたい」

「普通に考えれば、やっぱり取材だよなぁ」

 腕組みをして、沖名は天井を仰ぎ見た。「でも、アポもなく突然やってきた見知らぬ男を、一人で留守番をしていた聖蓮ちゃんが中に入れるとは思えないな。まして、裏庭の池まで連れて行くなんて。そう考えると彼は、勝手に敷地内に入ってきたのかな?」

彼は自問のつもりだったのだろうが、聖蓮は自分に向けられた問いと思ったらしい。

「わかりません」と申し訳なさそうな顔で首を振った。

「うん。まあ、それはそうだよね」

「すみません。わたし、何の役にも立たなくて」

「ああ、いや。聖蓮ちゃんが謝ることはないさ。君の記憶を取り戻すためにやるんだから。わからないのは当然だよ」

「でも……」

「沖名さんの言う通りです。こちらの準備が整ったら声をかけますから、それまであなたはゆっくり休んでいて下さい」

「そんなことできません」聖蓮は軽くアーネストを睨む。「わたし自身のことで、皆さんにご迷惑をかけているんですから。せめて協力ぐらいはさせて下さい」

「気持ちは大変ありがたいですが、当事者のあなたの前では話しづらい話というものも出てくるかもしれませんから」

「それは……そうかもしれませんけど……」

「僕たちに任せて下さい。それとも、僕たちでは頼りになりませんか？」

アーネストの言葉と笑顔にようやく納得をして、聖蓮がリビングを出て行こうとした時だった。

退屈そうに床に寝そべっていたゴードンが、何かに気づいたようにすっくと立ち上がり、誰もいないリビングの入り口に向かってふさふさとした尻尾を振り始めた。

「ああ、皆さん。お戻りでしたか」

間もなくして、梶原が姿を現した。ゴードンは主人を大歓迎したが、迎えられた主人の方は、ややおざなりにゴードンを撫でながら、ソファの周囲をきょろきょろと目で探っている。

「何を捜してるんですか？」佐貴は尋ねた。

「携帯です。ここのソファで見た気がすると政恵さんに聞いて、来てみたんですが……」

ソファにはそれらしいものは見当たらない。

そういえば、と聖蓮が口を開いた。「ここへ戻ってきた時、この子がソファの辺りで何かをくわえて、あの棚の辺りに持って行った気がします」

聖蓮が示した棚を梶原が確認しに行く。隣に置かれたテレビ台との間のわずかな隙間《すきま》に、彼は目当てのものを発見したらしかった。

「まったく……」ゴードンのヨダレと埃で汚れたらしい携帯を、ティッシュで拭《ぬぐ》いながら梶原が戻ってくる。

「いたずらっ子なんですねぇ」

笑いながら沖名が言うと、「こいつの癖なんですよ」と苦笑まじりに梶原は応えた。当人――いや、当犬はきょとんと首を傾げている。そんなとぼけた顔を見せられては、怒る気も失《う》せるというものだ。

「気に入ったものを見つけると、くわえて隠し場所に持って行くんです。年末に自宅の大掃除をした時なんか、テレビの裏から失《な》くしたと思っていた色んなものが出てきました。特に携帯とかリモコンとか、小型の機器が大好きみたいで。困るんですよね」

するとそこで、廊下を小走りにやってくる足音が聞こえた。

「梶原さん。携帯、ありましたか?」

声と共に政恵が入り口に顔を覗《のぞ》かせる。佐貴たちまでがいたことに驚いたらしい。彼女は瞬時に表情を硬くした。

「はい。ありました。ゴードンに隠されてましたけど。お騒がせしてすみません」

「……それなら、よかったです」

そそくさと戻ろうとした政恵を「政恵さん」とアーネストが呼び止めた。

「よろしければ、少しお話を伺わせていただけるとありがたいのですが」

視線を足元に落とし、割烹着の裾を握りしめながら政恵はかぶりを振る。

「私は何も知りませんし、お話しできることはありません。それに、お夕食の仕込みをしている最中なので……」

すみません、と頭を下げて政恵は、逃げるように去って行ってしまった。

「アーネストさんのような方が相手だと、余計に緊張してしまうのかもしれませんね」

悪気はないんですよ、と梶原は彼女を弁護する。

「あ、そうだ」

膝《ひざ》を叩き、沖名が立ち上がった。「大槻さんにメールをしないと。池の写真を撮ったのに、送るのをすっかり忘れてた」

メールならここでもできると佐貴は思ったが、政恵に続く形で沖名はリビングを出て行った。

去り際に、彼はこちらに向かって小さくウインクを送ってきた。「政恵のことは任せろ」という意味なのだろうが——気色悪い、と佐貴はつい思ってしまった。

7

「それじゃあ、わたしも」と聖蓮も自室に引きあげて行き、残された梶原はゴードンの頭を撫でながら、どうしたものかとその場にとどまっていた。

そんな彼を見て、佐貴はふと思い出したことがあった。

ここで凪子と話していた時のことだ。堀内と面識がなかったことをアーネストに確認され、ありませんと答えた彼女の隣で、梶原が微妙な反応を見せた気がしたのだった。

「梶原さん。ちょっと訊いていいですか？」

「何ですか？」

先ほどの反応について尋ねると、「ああ、あれですか」と梶原は、いらぬところを見られたとばかりに頭を掻いた。

「いや、僕も彼のことは知らないんですけど……。美奈世さんの葬儀の時に、似たような人物を見かけたものですから」

「詳しくお聞かせ願えますか」アーネストは梶原に、ソファに座るよう促す。

「詳しくと言っても、葬儀会場の廊下ですれ違ったというだけの話なんですけどね。その人物が美奈世さんの葬儀の参列者だったのかどうかもわかりませんし」

その時、梶原は瓜子を捜していたのだという。気分が悪くなったと言って、彼女は一時的に席を外していたらしい。

「葬儀の手配や、当日も弔問客の応対なんかで動きっぱなしだったので、疲れたんでしょう。会場の隅に小さなロビーがあって、そこのソファに瓜子さんは座っていました。そのロビーに続く廊下ですれ違ったんです。見たのは一瞬でしたから、本人と断言はできませんけど。警察の方から生前の堀内さんの写真を見せられて、似ているなと思ったんです」

「梶原さんがロビーに向かう際にすれ違ったということは、相手はロビーから出てきたということですか？」

「そうですね。あの廊下の先には他に何もなかったはずなので」

「つまり、瓜子さんは堀内さんと会ってたってことですか？」

佐貴が言葉を挟む。堀内と面識がなかったという彼女の言葉は嘘だったのか。

「そういうわけではないみたいです。今回のことがあった後に瓜子さんに確認をしてみたら、そんな人がいたことは覚えていないと言いました。あの時はとにかく気分が悪くて、周りに気を配る余裕はなかったと」

「じゃあ……彼は瓜子さんじゃなくて、別の人と会っていたんですかね」

「僕が見た時には、あのロビーには瓜子さんしかいなかったので……。先に相手が立ち去っていたということもあるかもしれませんが、もしかすると飲み物を買いに来ただけだったかもしれません。あそこには自動販売機がありましたから」

梶原の言う通りかもしれない。でも、凪子が嘘をついている可能性も充分ある。

「その話は、警察の方にもされたのですか？」

アーネストの問いに、「いいえ」と梶原は答えた。

「言うべきかどうか迷いましたが、結局やめました。僕は人の顔を覚えるのがあまり得意ではないので、本当に堀内さんだったかと問われると自信がありません。芳名帳にも彼の名前はなかったみたいですし。おかしなことを言って混乱させても申し訳ないですから」

「もし、梶原さんが見たのが堀内さん本人だったとしたら……。芳名帳に記名もせず、何をしに来てたんだろう」呟き、佐貴は首をひねる。

「亡くなった方のことをあまり悪く言いたくはありませんが……堀内さんという方は、スキャンダルをしつこく追いかけて記事にするタイプのライターだったそうですから。そういう意味で、密かに凪子さんを狙っていたのかもしれませんね」

「凪子さんのスキャンダルっていうと——」

梶原とのことだろうかと考えて、佐貴ははたと気づく。「もしかして、聖蓮ちゃん？」

世間から隠すようにしてひっそりと育てられてきた娘。スキャンダルというのとは少し違うかもしれないが、未来の女帝となり得る彼女の存在は、堀内にとって充分に興味をそそる対象ではなかったか。

葬儀会場に現れたのは、聖蓮の姿を確認するためだったのかもしれない。そして事件当日、彼女が一人で留守番をしているらしいことを知った堀内は、チャンスとばかりに汐見家を訪れたのではないだろうか。けれど聖蓮に拒絶されて、諦めきれなかった彼は強引に敷地内に侵入したのでは——？

「聖蓮ちゃんは、美奈世さんの葬儀には参列しませんでしたけどね」

佐貴の推理を聞いた梶原は、ぽつりと言った。

「具合でも悪かったんですか？」

「いえ、美奈世さんの遺言だったそうです」

「自分の葬儀に聖蓮ちゃんを参列させるなって？」

佐貴には到底理解できず、梶原を責めるのはお門違いと思いつつも、つい「どうしてですか」と詰め寄ってしまう。

「そんなのおかしいですよ。っていうか、凪子さんはどうしてたんですか？　そういう美奈世さんのやり方に対して、何も言わずに従ってきたんですか？」

「言いたいことがあったとしても、言えない部分はあったでしょうね。相手は『女帝』で、聖蓮ちゃんはその血を引くミコトの正統な後継者です。対して凪子さんは、現状で美奈世さんの後を継いでいるとはいえ、あくまで嫁の立場ですから」

「それにしたって……」母親なのに、と佐貴は思う。

「そういえば、いつだったか酒を飲みながら、凪子さんが一度だけ呟いたことがありました。聖蓮には悪魔の印があるから、仕方がないって」

「悪魔の印？　何ですか、それ？」

「わかりません。意味を訊いても、はぐらかされてしまいましたから」

何にしても、「仕方がない」という言い草はないだろう。母親なのに、と重ねて佐貴は思う。

さっきからやけにおとなしいと隣を見ると、アーネストはいつの間にか携帯をいじっていた。指の動きからしてメールを打っているようだ。

人と話をしている最中に携帯をいじるなどというマナー違反を彼が犯すのは珍しい。というか、彼がそれほど熱心にメールを打っているということ自体が珍しかった。

基本的にアナログ人間の彼は、自分からメールを打つことがほとんどない。せいぜい、こちらが送ったものに対して「ＹＥＳ」とか「ＮＯ」とか「ＯＫ」とか、ものすごく短い返事をしてくる程度だ。

会話が途切れ、間延びした空気が流れた。退屈を持て余したらしく、ゴードンは床にぺたりと寝そべって目を閉じている。

どうしたものかと佐貴が困っていると、

「凪子さんも……ずっと、悩んでいたと思います」

話題を戻す形で、梶原が再び口を開いた。

アーネストはいまだ一心にメールを打っているので、「悩んでいたというのは？」と佐貴が話の続きを促す。

「聖蓮ちゃんのことです。このままではいけないと思うけれど、かといってどうしたらいいのかわからない。そんな葛藤《かっとう》のようなものを、彼女の側で僕は常に感じていました。実は凪子さんは、聖蓮ちゃんの十八歳の誕生日を機に、ある決断をしようとしていたんです」

「結婚ですか？」

「ああ、いえ。そこまでは。ただ、この土地を手放し、ミコトの社長の座も他の人間に譲り渡して、僕の故郷へ一緒に行こうと」

「梶原さんの故郷？」

「ええ。僕は、伊豆諸島《いずしょとう》の小さな島の出身なんです。そのせいか、子どもの頃から海の絵ばかり描いていましてね。気づいた時にはそれが仕事になっていました。そんな僕の絵を凪子さんも気に入ってくれて。それがきっかけで僕は、ミコトのデザイナーをさせてもらえることになったんです」

加えて、凪子と現在のような関係にもなったのだろう。

「いつか、海に囲まれた場所で暮らしたい。それが、凪子さんの幼い頃からの夢だったそうです。忘れかけていたその夢を、僕の絵を見て思い出したと彼女は言ってくれました。それを聞いて僕は、彼女を故郷の島へ連れて行きたいと思ったんです。もちろん、聖蓮ちゃんも一緒にです。僕は彼女たちをここから助け出したかったんです。人魚にとらわれたこの場所から」

しかし、凪子はなかなか首を縦に振ってはくれなかったという。それはそうだろうと佐貴も思う。会社のことだってあるし、何より美奈世がそんなことを許すはずがない。少なくとも、聖蓮を手放そうとはしないだろう。

「会社やこの家のこと以外にも、凪子さんは何か大きく重いものを背負っているように僕には感じられました。それが何かは今もわかりません。けれど美奈世さんが亡くなった頃から、凪子さんは少しずつ前向きに考えてくれるようになりました。聖蓮ちゃんや、僕とのことを。それであの日——十四日の聖蓮ちゃんの誕生日に、凪子さんは伝えようとしていたんです。自分の決意を、聖蓮ちゃんに」

「池で言っていた、聖蓮ちゃんの環境を変えられる兆しというのは、そのことだったんですね」

「ええ。でも、その矢先にこんなことが起こって……。今の彼女は思っているんです。自分がこの土地を手放そうとしたから、こんなことになったと。やはり自分たちは、この場所を離れてはいけないのだと。人魚など信じないと言っていた彼女なのに。自分たちをこの家にとどめようとする、何らかの力の存在を信じかけているんです」

「まさか、そんなもの……」

佐貴は笑おうとしたが、梶原の沈鬱《ちんうつ》な表情を前に思いとどまった。

メールを打ち終えたらしい。パタンとアーネストが旧式の携帯を閉じた。

「貴重なお話を伺わせていただき、ありがとうございました」

携帯をしまうと、アーネストは梶原に向かってにこりと笑った。無礼も帳消しにするような、極上の笑顔だった。

梶原とゴードンを残して、佐貴たちはリビングを後にした。

一旦客室に戻ろうと二階へ向かいかけた時だった。

階段のある方向から、ばたばたと慌ただしく駆けてくる足音がした。何ごとかと佐貴たちはその場で足を止める。

間もなくして、廊下の角から姿を現したのは沖名だった。

「ああ……佐貴君にアーネスト君。丁度よかった」

「どうかしたんですか？」

沖名は佐貴の問いには答えず、「いいから、ちょっと」と顎をしゃくって背中を向けた。そのままずんずんと来た道を引き返していく。

何なのだろう。顔を見合わせ、佐貴たちは沖名の後に続いた。

やってきたのは、今まさに佐貴たちが戻ろうとしていた客室だった。

「大槻さんにメールを送ってから、食堂で政恵さんの話を聞いていたんだよ。そうしたら大槻さんから電話が入って、話しながら客室に戻ってきたら――」

ドアを背にして説明を始めた沖名だったが、アーネストが彼を押しのけ、さっさとドアを開けてしまった。

あっと声を上げる沖名を無視して、アーネストは部屋の中へ入っていく。

「心の準備をさせておこうと思ったのに……」

「心の準備？」不吉な言葉に、佐貴は思わずひるむ。

「もういいや。佐貴君も中に入りなよ」

佐貴は恐る恐る部屋に足を踏み入れた。沖名の様子からして、よほどのことが起こっているのだろうと思ったが、一見したところ室内に変化はないように思われた。

アーネストはこちらに背を向け、奥に置かれたテーブルの前に立っている。

「アーティ。何かあったか？」

返事はない。石像と化してしまったように、アーネストはぴくりとも動かない。

「アーティ？」

近づいて行き、佐貴はぎょっとした。

アーネストの足元に落ちているものに気づいたからだ。

それは、無残《むざん》なまでに破壊されたヴァイオリンだった。

8

弦は切れ、表板も裏板も割れていた。弓も真ん中で叩き折られている。見事に滅茶苦茶《めちゃくちゃ》だった。踏みつけたり、叩きつけたりして壊したのだろう。テーブルの上では、空のヴァイオリンケースが虚《むな》しく口を開けている。

「僕が部屋に入ったら、この状態だったんだよ」

「どうして、こんな……」

アーネストは声もなく、身じろぎひとつせず、恐ろしいまでの無表情で壊れたヴァイオリンを見下ろしていた。

彼が受けている衝撃の大きさは察するに余りある。佐貴とてショックは大きかった。アーネストがこのヴァイオリンでこの上なく美しい旋律を奏でるのを、これまで何度も目にしてきた。耳にしてきた。

仕事に欠かせない相棒として、アーネストがこのヴァイオリンを何ものにも代えがたいほど大切にしてきたことを佐貴は知っている。

それが今、完膚《かんぷ》なきまでに破壊され、墜落した鳥のごとく床に崩れている。アーネストにしてみれば、可愛がっていた動物の死骸を前にしているに等しいはずだった。

「誰が、何だってこんなこと……」

「部屋に鍵はかかっていなかったし、やろうと思えば誰にでもできたことではあるね」

応えた沖名も無念そうに顔を歪《ゆが》めている。

梶原に池へ案内してもらう前、ここに寄って荷物を置いた時に、アーネストがケースを開けて中のヴァイオリンを確認するのを佐貴は見ていた。あの時は確かに、ヴァイオリンは無事だった。だからそれ以降に、何者かがこの部屋に入って壊したことになる。

佐貴たちが池に行っている間、屋敷には凪子と政恵がいた。

梶原は、リビングに携帯を捜しにくるまでの間、客室に入る機会があった。

聖蓮は……彼女のことまで疑いたくはないが、機会はある。池から戻ってきて、その後にアーネストが戻ってくるまでの間、多少の余裕はあったはずだし、そうでなくてもつい先ほど、リビングを出て行った後にここへやってくることは可能だった。

こんなふうに疑うのは嫌なことだったが、この屋敷に――恐らくは悪意を持って――アーネストのヴァイオリンを壊した人間が存在するのは確かなのだ。

おもむろに、アーネストがヴァイオリンのもとに屈み込んだ。

これまでの労をねぎらうように壊れたヴァイオリンを撫でた後、彼は細かな部品まですべてを拾い上げてケースの中に納めた。

証拠になるからそのままにしておけとは、言えるはずもなかった。

アーネストの仕草《しぐさ》は静かかつ穏やかで、最後にぱたんとケースの蓋が閉じられた時には、まるでそれが柩《ひつぎ》のように佐貴の目には映った。

「……大丈夫かい、アーネスト君」

彼を気遣い、沖名が椅子に座らせようとしたが、「大丈夫です」とアーネストはそれを拒否した。「そう」と沖名は、少し迷ってソファに腰を下ろす。

佐貴も急速に疲れを感じて、ベッドに腰を落とした。

「そのヴァイオリンて……」

閉ざされたケースを見つめ、沖名がおずおずと口を開いた。「ストラディヴァリとか、グァルネリとか、そういうのだったりするのかい？」

「いいえ」答え、アーネストはケースの表面をそっと撫でた。

「このヴァイオリンはアンティークではありませんし、作ったのもイングランドの職人です。腕のいい一流の職人ではありますが、これに限って言えば一本の霊木から作られたものなので、ヴァイオリンとしてはさほど優れたものではないのです」

「一本の霊木から作られたって……すごそうだけど？」

佐貴の言葉に、アーネストは首を振る。

「ヴァイオリンは部位によって適した木材が違うから、すべてを同じ木で作ってしまっては、いい音は出ないんだよ。一般的に表板にはスプルース、裏板や側板などにはカエデが使われているけれど、このヴァイオリンは一本の樫《かし》の木から作られている。樫は過去に裏板に使われた例こそあるものの、本来表板には適していない。だからこのヴァイオリンは普通に弾いたのでは大した音は出ないし、プロの演奏家は見向きもしないような代物だ。そういう意味では、価値はほとんどないといっていい」

「でも……アーティはいつも、このヴァイオリンですごい音を出してたじゃないか」

技術はともかく音の面では、彼はへたな演奏家よりも数段素晴らしいものを奏でる。だから佐貴は、彼のヴァイオリンはすごい名器に違いないと思っていた。

「このヴァイオリンは空気ではなく、スピリットを震わせることで初めて本当の音を出す。僕は十三歳の時にこのヴァイオリンと出会い、以来ずっと相棒として共に過ごしてきた。僕にとっては、最高の楽器だったよ」

その相棒を、彼は失ってしまったのだ。

「こういうのを修復する技術って、結構すごいって聞いたことがあるよ。かなりひどい状態になっても大抵は元通りに直るって。だから大丈夫だよ。アーネスト君のヴァイオリンも、きっと元通りになるさ」

元気づけるように明るい声で沖名が言った。

「そうですね」対するアーネストは無感動な声で、「車に轢《ひ》かれて破損したヴァイオリンが破損前と変わりないくらいに見事に修復されたという例や、船が難破して何日も海中を漂ったヴァイオリンが以前と変わらない音で修復されたという例もあるようです」

「じゃあ、大丈夫じゃないか」

佐貴も言った。車に轢かれて直るなら、これくらいは問題ないだろう。

「形だけなら、確かにもとに戻るだろうね。けれど、もとの音を取り戻せるかはわからない。さっきも言った通り、このヴァイオリンは特殊なんだ。綺麗に直してもらったとしても、本来の価値しかないヴァイオリンになってしまうかもしれない」

「………」佐貴と沖名はそろって黙り込む。

と、佐貴のポケットで携帯が振動を発した。

誰だよ、こんな時に。内心舌打ちしつつディスプレイを確認すると、連城からの着信だった。二人に断って佐貴は電話に出る。

「はい、もしもし?」

〈ああ、佐貴君。アーネスト君は何をしてる? 彼の携帯に電話をしても出ないんだが〉

「アーティは……」

佐貴はぼんやりと立ち尽くすアーネストを見る。「ちょっと今、放心状態というか……」

〈放心状態? 何があった?〉

「彼のヴァイオリンが、何者かに壊されまして」

〈ヴァイオリンが？〉

さすがに連城も驚いたようだ。〈どうしてそんなことに？〉

「わかりません。俺たちも今、発見したばかりなんで。それより連城さんは？　何かあったんですか？」

〈アーネスト君から、至急調べて欲しいとメールをもらったんだがね。英文の返事を打つのが面倒だったんで、電話で伝えようと思ったんだ〉

さっきアーネストが打ち込んでいたのは、連城へのメールだったらしい。流暢《りゅうちょう》な日本語を話すアーネストだが、実は読み書きは苦手という弱点がある。なので彼とのメールは、必然的に英文になるのだ。

〈そっちの様子はよくわからないが、至急というからには早い方がいいだろう。とりあえずアーネスト君の質問に答えておくから、彼が落ち着いたら君から伝えてくれ〉

わかりました、と佐貴は答える。アーネストに電話を代わるよりは、ここは自分が聞いておいた方がいいだろう。

〈まず、堀内の持ち物についてだが。遺体が持っていたのは、携帯電話と財布、手帳、車や自宅の鍵をつけたキーホルダーのみだ。彼の車は汐見邸近くのコインパーキングに停められていたようだが、車中からもアーネスト君が言ったようなものは見つかっていない〉

「はあ……」堀内の持ち物？　アーネストが言ったようなもの？　佐貴にはまったく意味

がわからなかったが、とりあえずそのまま脳内にメモしておく。

〈それからもうひとつ。これは俺も気になったから、アーネスト君に言われるまでもなく調べていたんだがね。堀内は過去に《靴蒐集家》事件についての記事を書いていたよ。結構腰を据えて取材をしていたみたいだが、そのわりに辻の遺体が発見された件については書かれていない〉

「肝心の部分なのに。どうしてですか?」

〈さあ、どうしてだろうね。書いたけど記事にしてもらえなかったのか、取材途中で書くのを断念したか。あるいは単純に興味を失っただけか。判断は霊媒探偵殿に任せるよ。俺が与えられる情報は以上だ。あまり余計なことをすると上や横から睨まれるんでね〉

管轄外だしな、と連城はつけ加えたが、上や横から——横というのは、神奈川県警のことだろう——睨まれるようなことをやっているのは今更だ。

ただ、彼の協力がありがたいのは事実なので、「ありがとうございます」とアーネストの代わりに佐貴は礼を言っておく。

〈帰ってきたら慰めてやるから、今は耐えろとアーネスト君に言っておいてくれ〉

アーネストとしては、彼に慰められたくはないだろうが。

連城との通話を終えると、興味津々の顔でこちらを見ている沖名と目が合った。

「誰?」と彼は訊いてくる。

「連城さんでした。アーティが頼みごとをしていたらしくて」

「頼みごと？」

「それは……もういい」虚ろな声と瞳でアーネストが言った。

「何だよ、もういいって？」

「ここで終わりだ。これが失われてしまった以上は池の除霊も、聖蓮が記憶を取り戻せるよう試みることも、僕にはもうできないからね」

ヴァイオリンケースを撫でながら、アーネストは自虐的な笑みを浮かべる。

佐貴の中に、苛立《いらだ》ちが込み上げた。

「ヴァイオリンがなくなったからって、何もできなくなるお前じゃないだろ。そりゃあ、大切な仕事道具だったかもしれないけど。これまでスピリットを救ってきたのは、ヴァイオリンじゃなくてアーティ自身の力じゃないか」

アーネストは無言で目を伏せる。佐貴は、信じられない思いでそんな彼を見つめた。

これまで浄霊を成功させてきたのは、自分ではなくヴァイオリンの力だったと、彼は思っているのか。

確かに佐貴も、素晴らしい音の何割かは楽器の力によるものだろうと思っている。けれどもそれは、元々の音を膨《ふく》らませて補っているにすぎない。アーネストが奏でる浄化の旋律。その根本となる音は、あれほど強くはっきりとアーネストの内側から溢《あふ》れているというのに。彼自身はそのことに気づかず、すべてを楽器の力だと思っているのだ。

「お前って、意外と馬鹿なんだな」

佐貴が言うと、アーネストは珍しくむっとした顔をした。

「いいか、壊れたのはたかがヴァイオリンだ。仕事の時に使っていた道具が壊れたってだけだろ。道具が壊れたから仕事ができませんなんて、甘ったれたこと言うなよ。仕事をしてるのは、道具じゃなくて人間なんだぞ」

「簡単に言わないでくれないか。スピリットを感知することもできないくせに」

「スピリットを感知できても、ヴァイオリンがなきゃ何もできないやつよりマシだろ」

アーネストが鋭く睨みつけてきた。胸倉を掴まれて一発ぐらい殴られるかと思ったが、あいにく彼の理性はそこまで吹き飛ばなかったようだ。すぐに瞳から力を抜いてしまう。

彼の場合は少しくらい理性を吹き飛ばして、感情を表に出した方が楽になるだろうと思ったのだが。

「……まったく。今日は最悪だ」

忌々《いまいま》しげに言って、アーネストは額に落ちた前髪を掻き上げた。「ヴァイオリンを壊された上に、君に二度も説教をされるなんてね」

「説教しなきゃならないような醜態を見せられる、こっちの方が最悪だよ」

「はいはい。喧嘩しない」沖名がぱんぱんと手を叩いた。

喧嘩などしていない。むしろ佐貴は仕掛けたが、相手は乗ってきてくれなかった。

「ヴァイオリンのことは残念だけど、佐貴君の言うように、どんなに大切であってもそれはやっぱり道具だと僕も思うよ。それに、元通りになる可能性だって充分あるんだから。今は前を向いて、やれることをやろうじゃないか。君は霊媒探偵として、今回の事件を解決するんだろう？」

「……そんなことを宣言した覚えはありませんが」

「そうだっけ？　まあ、何にしてもさ。できる範囲でベストを尽くそうよ。僕たちも協力するから」

ねえ？　と振られ、佐貴も「ああ」と頷いた。

「もっと自分を信じろよ。俺なんて、スピリットを感知できないのにお前の相棒やってるんだぜ」

「……そうだね」

「そこで『そうだね』って答えられるのも、ちょっと複雑だけどな」

「君は、感知できなくていいんだ」

言って、アーネストはふっと薄く笑った。「それは、スピリットの影響を受けにくいということ。僕には持ち得ない、強力な武器だからね」

9

「それにしても、誰の仕業なんだろうな」

佐貴は改めて、テーブルの上のヴァイオリンケースに目を向ける。「たかがヴァイオリン」とアーネストに言いはしたが、実際の心情的にはとても「たかが」などとは思えない。ケースの中のヴァイオリンの状態を思うと、ふつふつと怒りが込み上げてくる。

「聖蓮に記憶を取り戻させたくない誰か、だろうね」

安楽椅子《あんらくいす》に腰を下ろし、アーネストが応えた。「やろうと思えば誰にでもできたことではあるけれど、そう考えればある程度絞り込むことは可能だ。ヴァイオリンを使えば彼女の記憶は戻るかもしれない——そのことを知った上での犯行だとすればね」

「その話をしたのはリビングだったよな」

佐貴は数十分前の記憶を呼び起こす。「あの時、俺たち以外に部屋にいたのは、聖蓮ちゃんとゴードンだ」

ヴァイオリンを壊すのはともかく、ケースから取り出すのはゴードンには無理だろうから、彼のいたずらという可能性は消去する。いたずらにしては壊し方が執拗《しつよう》だ。

「その後に梶原さんが携帯を捜しにやってきて、政恵さんも様子を見にきた。凪子さんの姿は全然見てないけど……廊下で密かに立ち聞きしてたって可能性はあるよな」

「梶原さんはその後、ずっとリビングにいたから無理だ。ゴードンもね」とアーネスト。

「沖名さんはあの時、政恵さんを追いかけて行ったんですよね？」

あの気色悪いウインクはそういう意味だったはずだ。

「うん。食堂で話してたよ。聖蓮ちゃんもね」

「聖蓮ちゃんも？」彼女は自室に戻ったのではなかったのか。

「アーネスト君が政恵さんに話を聞こうとして断られただろ？　だから聖蓮ちゃんは、政恵さんに頼みに来たんだよ。話をしてやって欲しいってね。僕が彼女を追いかけたのは気づかなかったらしい。それでなりゆきで、一緒に話を聞くことになったんだ。その後は、政恵さんの手伝いをすると言って、聖蓮ちゃんは彼女と共にその場に残った。僕は大槻さんと電話で話しながらここに戻ってきて、壊れたヴァイオリンを発見したんだよ」

「ってことは……」あっけなく犯人が割り出せて、佐貴はやや拍子抜けした。

「わかっちゃったね」沖名も頷く。「犯人は凪子さんだ」

「でも、凪子さんが廊下で俺たちの話を聞いていたとすると……タイミングからして、梶原さんが彼女と出くわしていそうですよね」

そうなると梶原が声をかけそうなものだが、そのような声を聞いた覚えはない。

「聞いていたのはリビングじゃなく、食堂の会話だったかもしれないな」

沖名は少しばつの悪そうな顔で、「僕が政恵さんに言ったんだよね。アーネスト君がヴァイオリンを使って、聖蓮ちゃんの記憶を戻してくれるってさ」

『戻せるかもしれない』が『戻せる』という断言に変わっている。それを聞いたとしたら、相手は余計に「これはまずい」と思ったかもしれない。

「彼女を問い詰めよう」

拳を握り、ベッドから立ち上がった佐貴だったが、

「無駄だよ」即座にアーネストに水をさされた。「証拠もないし、彼女は認めないだろう」

「状況証拠はあるだろ。可能だったのは凪子さんだけなんだから」

「君は肝心な点を忘れている。今のはあくまで、『ヴァイオリンの話を聞いた上での犯行』という仮定に基づいたものだ。それ以前に壊された可能性も等しくある以上は、僕たちの勝手な憶測でしかない。その状態で押し切ろうとすれば、屋敷から追い出されるのがオチだ。僕は既に一度、凪子さんの機嫌を損ねてしまっているしね」

「…………」佐貴は唇を嚙み、どすんとベッドに尻を落とす。

「それより沖名さん。政恵さんの方からは、何か有力な情報は得られましたか?」

「堀内さんの事件については彼女、本当に何も知らないみたいでね。第一発見者になったってだけで、堀内さん自身のこともまるきり知らないってことだし。でも、辻秀巳とこの家との接点になりそうなものは、ひとつ見つけたよ」

「何ですか?」佐貴はベッドから身を乗り出す。

「辻秀巳は生協の配達員をしてたって話だっただろう? 彼が働いていたのは《みどり生協》ってところだったらしいんだけど、この家も当時は《みどり生協》に入っていたんだってさ。といっても、彼がこの家に配達に来ていたかどうかまではわからない。政恵さんがここで働くようになったのは十年ぐらい前のことで、彼女としても美奈世さんから聞いた話だったというから。まあ、これもあくまで可能性の話だね」

それでそっちは? と沖名が尋ねてきたので、佐貴は梶原から聞いた話を簡潔に彼に話して聞かせた。

「悪魔の印か……」

沖名が反応をみせたのは、酒を飲んでいた時に凪子が呟いていたという言葉だった。

「僕は、人魚の印っていうのを聞いたけどなあ」

「人魚の印?」

「うん。『聖蓮には達弥と同じ人魚の印があるから、あの子のように人魚に魅入られないよう、気をつけてないといけない』って、美奈世さんが言ってたって。ちなみにその人魚の印っていうのは、痣のことだったらしいけど」

「痣?」

「聖蓮ちゃんの首筋に、ちょっと面白い形をした痣があるんだよ。U字が連なった、ウロコみたいな」

「ああ……ありましたね。そういえば」

調布の病院にいた時に佐貴も見た覚えがある。

「父親の達弥さんの首筋にも、同じ形の痣があったらしい。達弥さんは美奈世さんの両親があの池で人魚を祀り始めて、間もなくしてこの家で生まれたそうなんだ。その彼が結果的に池で命を落としたことで、あの痣は人魚がつけた印だったと美奈世さんは考えたみたいだね。達弥さんは生まれた時から、人魚の贄となることを運命づけられていたって」

その痣が、孫の聖蓮にもついていた――

佐貴には、美奈世の気持ちが少し理解できた気がした。

「聖蓮ちゃんまで人魚の贄にしたくなかったから……。だから美奈世さんは、彼女を厳しく管理していたんですかね」

人魚に魅入られて池に引きずり込まれないようにということであれば、敷地内に閉じ込めておくのではなく、池から遠ざけるためにも外へ出すべきだったと佐貴は思うが。

「たぶん、そういうことなんだろうね。身の回りで起こる不幸のすべてを人魚の仕業と考えてきた美奈世さんにとっては、人魚というのは富をもたらしてくれるありがたい存在である一方、大切な人を奪って行く恐ろしい存在でもあったわけだ。凪子さんが悪魔の印という言い方をしたのは、そんな美奈世さんのやり方や考え方に対する皮肉を込めてのものだったのかもしれないね。もし本当にそんなものが存在するなら、それは守り神などではなく悪魔だっていう意味で」

確かに、富を与えてくれても家族を奪われるのでは、守り神とは呼べない気がする。少なくとも佐貴は、大切な家族を失ってまで富を得たいとは思わない。

「人魚は印を持つ聖蓮ちゃんを池に引きずり込もうとして、堀内さんはその身代わりになったのかもしれないなあ」

冗談とも何ともつかない沖名の口調だった。

「あの池には何もいないって梶原さんが言ってたじゃないですか。警察の人が潜って調べたけど、何も見つからなかったって」

「そういえば、そうだったね。ああ、そうだ。池といえば」

沖名は思い出したようにぽんと手を叩いた。「大槻さんに写メを送ったら、夢で見た場所に間違いないって言ってたよ」

「ってことは……辻秀巳はやっぱり、ここへ来たことがあるんですね」

あの部屋で見る夢は、辻が死の間際に思い浮かべたものだとアーネストは言っていた。それが実在していたというのは、そういうことだろう。

「でもそうなると、この家と個人的な付き合いがあったってことになりますよね。生協の配達で、池のある敷地の奥までは入らないだろうし」

アーネストはどう考えているだろうと視線を向けると、彼は安楽椅子の上でややうつむき加減に唇をなぞっていた。これぞ本当の安楽椅子探偵。ちらと佐貴はそんなことを思う。

「あ、それとね。大槻さん、こっちへ来るって」

「は?」佐貴は思わず頓狂《とんきょう》な声を上げた。

「お客が帰ったからってさ。六時ぐらいには着くって言ってたよ。ああ、そっか。そうなると政恵さんに、大槻さんのぶんの夕食も頼んでおく必要があるな」

今からでも間に合うかな、と沖名は部屋に置かれた時計を見る。針は午後五時を示していた。夕食は七時からと言われている。

「そんな、無理して来ることはないのに……」

「大事な届けものがあるんだってさ。何かはわからないけど」

沖名との会話が一段落したところで、「佐貴」と安楽椅子探偵が声をかけてきた。

「何だ?」

「僕に伝えるべきことがあるのを忘れていないか?」

連城からの電話のことを言っているらしい。

「もういいって言ってなかったっけ?」

あえて意地悪に佐貴は言ってやる。

「撤回する。ヴァイオリンが使えなくなった今、聖蓮に記憶を取り戻させるには真実を明らかにするしかない。そのためには、君が持っているその情報はより重要なものになるはずだ」

完全にやる気を取り戻したらしいアーネストの答えに、佐貴は満足した。記憶を呼び起こしながら、できるだけ正確に佐貴は連城の言葉を伝えた。

「堀内さんの持ち物って、何のこと？」

佐貴と同様の疑問を沖名は口にしたが、アーネストはそれに答えることなく、椅子から立ち上がると足早に客室を出て行った。

顔を見合わせた後、佐貴と沖名は慌てて彼を追いかけた。

10

アーネストが向かったのはリビングだった。途中で沖名が台所に入って行ったのは、大槻のぶんの夕食の用意を頼むためだろう。

「ああ、まだここにいてくれましたね」

ソファの上に梶原の姿を見つけ、アーネストは淡く微笑んだ。さっきまでは消えていたテレビがつけられ、ニュース番組が流れている。

「梶原さんにひとつ、確認したいことがあるのです」

「何でしょうか」

「あなたはここへ来る際には、いつもゴードンを連れてくると言っていました。ということは、堀内さんの事件が起こった十四日の日もゴードンはこちらにいて、聖蓮さんと一緒に留守番をしていたのではありませんか？」

名を呼ばれ、梶原の足元に寝そべっていたゴードンが、垂れた耳をぴくりと動かして顔を上げた。

「ええ。あの日はゴードンにもかわいそうなことをしました。聖蓮ちゃんが出て行って、ドアを開けてくれる人間がいなくなったために、外にいたこいつは雨が降って大嫌いな雷が鳴っても、屋敷の中に避難できなかったようです。政恵さんが戻ってきた時には、アーチの下で寝ていたそうですが」

それが何か？　と梶原は問いたげだ。

「ゴードンを少しお借りしたいのですが、よろしいですか？」

ゴードンを連れ、アーネストが次に向かったのは裏庭の池だった。

夏至に向かって日が延びている時期ということで、五時を過ぎても空はまだ明るさを保っている。

実家では犬や猫のみならず馬まで飼っているアーネストは、ともすれば脇道に逸《そ》れようとするゴードンを手慣れたリードさばきでもって従わせていた。

「こんなところまでゴードンを連れてきて。何をするつもりなんだ？」

池に着いたところで佐貴は尋ねた。ゴードンは、何が始まるのかと期待に目を輝かせてアーネストを見上げている。

「事件が起こった日、堀内さんが取材もしくは脅迫のためにここへやってきたのだとすれば、持っていてしかるべきものがある」

アーネストは当たり前のように「脅迫」などという単語を口にした。

「けれど、それは今もってどこからも見つかっていない。だから警察も、堀内さんが何をしにここを訪れたのか、判断がつかないでいるんだ」

なるほど、と沖名が頷いた。「カメラやレコーダーの類いだね」

「そうです。といっても、これはあくまで僕の推測です。可能性は高いと思いますが、堀内さんが本当にそれらを持参していたと断言することはできません。連城さんにメールを送った段階では、僕としても一応の確認のつもりでした。けれど、事件当日のことをより正確に明らかにする必要が出てきた今、それらの存在に賭《か》けてみようと思います」

「堀内さんが持ってきたかもしれないカメラ、もしくはレコーダーを捜すのか？　でも、それでどうしてゴードンが……」

言ってから、佐貴は「あ」と声を上げた。梶原がこぼしていたこの犬の癖を思い出したからだ。

ゴードンは気に入ったものを見つけると、くわえて隠し場所に持って行く。特に、小型の機器が大好きだという――

「現場に落ちていたそれをゴードンが拾って、どこかへ持って行ったかもしれないっていうんだな。梶原さんの携帯の時みたいに」

「隠したとしたら、この森のどこかだと思う。あの時のゴードンは、屋敷の中には入れなかったということだから」

「この森のどこかって……」沖名はぐるりと周囲を見回す。「かなり広いよね」

「ええ。ですから、ゴードンに案内してもらいます」

アーネストはベンチの方へ行くと、座ることはせずにその前に屈み込んだ。それからすぐに戻ってきて、ゴードンのリードを外す。

見ると、ベンチの下に黒っぽいものが落ちていた。

「何を置いたんだ?」佐貴は問う。

「僕の携帯」

「……ヨダレまみれにされるぞ」

「この家のリモコンを拝借するわけにはいかないだろう。それとも、君のを貸してくれるかい?」

絶対に嫌だ。黙った佐貴に、「そうだろうね」とアーネストは小さく笑う。

佐貴はこほんと咳払《せきばら》いをして、

「で、俺たちはどうするんだ？　どこかに隠れるのか？」

「梶原さんの携帯を隠した時には同じ部屋に聖蓮がいたから、隠れるまではしなくていいと思う。でも、ゴードンから注意を逸らすふりはしていた方がいいかもしれないね」

佐貴たちは池の周りに適当に散って、それぞれのことに集中するふりをした。アーネストはベンチに座ってうとうとし、佐貴はぼんやりと池を眺め、沖名は屈伸運動を始める。

その場に放置されたゴードンは拍子抜けしたように首を傾げ、佐貴たちのところを順番に行ったり来たりしていたが、やがて相手をしてもらえないとわかると、アーネストの足元にどかりと座った。大きなあくびをして、そのまま寝てしまうかと思われた時——

ゴードンの目が、落ちている携帯をとらえた。

「なんか落ちてるよ」と言いたげにアーネストを見上げるが、目を閉じた彼はゴードンに気づかない。佐貴と沖名もまた、ゴードンにはまったく注意を向けていない。

もちろんすべては『ふり』で、実際のところ佐貴たちの意識は、これ以上ないほどゴードンに向けられていたのだが。

ひょいとゴードンがアーネストの携帯をくわえた。その状態で今一度、佐貴たち三人の様子を確認する。気づかれていないと知ると、そのまま少し歩き、またこちらを確認してから森の中へ入って行った。

アーネストがベンチから腰を上げ、すかさずゴードンの後を追う。

見つからないように、けれど見失わないように。ぎりぎりの距離を保つのは難しかったが、幸いなことに池から比較的近い場所でゴードンの足は止まった。

根っこが地面に張り出した大きな木。その根元の辺りで、ゴードンはくわえていた携帯を離した。

気配を感じたのだろう。はっとした様子でゴードンがこちらを振り返る。

「そこが君の宝物の隠し場所か」

これが人間なら「来るな」と目を吊《つ》り上《あ》げて追い返すところだが、そこはやはり人懐《ひとなつ》こい飼い犬だ。ゴードンは尻尾を振って好意的にアーネストを迎えた。

「へえ。うまい場所を見つけたもんだね」

木の根元を見て、沖名が感心した声を発する。

張り出した太い根の間にあった隙間を、ゴードンが掘って広げたらしい。根元にあいた穴の中に、アーネストの携帯が落とされていた。

「悪いけど、返してもらうよ」穴に手を突っ込み、アーネストは携帯を取り出す。

ヨダレの上に土まで付着して、彼の携帯は梶原の時以上に悲惨な状態になっていたが、アーネストは平然とハンカチで携帯を拭い、ディスプレイを確認してからポケットに突っ込んだ。どうやら壊れてはいなかったようだ。

ゴードンはせっせと宝物集めに勤《いそ》しんでいたらしい。意外に深さのあるその穴の中からは、実に様々なものが出てきた。ボールペンや菓子の袋、ペットボトルのキャップに絵の具のチューブなど。佐貴たちの目にはガラクタにしか映らないが、ゴードンにとっては魅力的な品々なのだろう。

そして、ゴードンにとっては一番の宝物であるに違いない品が、アーネストの手によって穴から取り出された。

小型の機器——ＩＣレコーダーだった。

「本当にゴードンが持って行ってたのか」沖名は信じられないという顔だ。

レコーダー以外のものは穴の中に戻され、携帯とレコーダーを取り上げてしまう詫びとして、ゴードンには大好物のジャーキーが与えられた。あらかじめ梶原から渡されていたものだ。文句を言うこともなく、ゴードンは大喜びでジャーキーを受け取り、あっという間に完食した。

「だけどそれ……大丈夫なのか？」

アーネストの手の中の、汚れたＩＣレコーダーを佐貴は見る。

事件の日に堀内が持ってきたものだとすれば、一週間以上この穴の中にあったことになる。まして、十四日の夜は激しい雨が降ったのだ。

「大丈夫であることを祈るしかないね」

携帯と同様にハンカチで拭うと、アーネストはICレコーダーを佐貴に渡してきた。操作に困るほど複雑なものではないはずだが、電子機器は苦手だという意識が先行するのかもしれない。

充電式だったら残量不足でアウトだっただろうが、幸いそれは乾電池式だった上、中の電池も綺麗な状態で保たれていた。

さっそく再生してみると、サーという雑音が流れた。

「声は聞こえないな。壊れてるわけではなさそうだけど」

音量を上げてみると、雑音の中にかすかな歌声が聞き取れた。

「聖蓮ちゃんの歌だ……」

離れた場所から録音したらしく、かなり音量を上げてようやく聞き取れるくらいだったが、彼女の歌に間違いなかった。《コーポ大槻》で聞いたのと同じ歌だ。

より鮮明に録《と》るために、堀内は少しずつ対象に近づいて行ったのだろう。

ガサガサと移動しているような音がした後——

「誰っ」突然、聖蓮の大きな声が聞こえて、佐貴はびくっとした。

その後に始まった、聖蓮と堀内の会話。

事件当時の出来事が、予想以上にしっかりとそこには記録されていた。

11

裏庭から戻ってきて玄関扉を開けようとすると、「あ」と沖名が声を上げた。

彼の視線の先を追うと、アプローチに長く影を伸ばしながら、こちらへやってくる和装の老人の姿が見えた。

大槻だ。そういえば、六時ぐらいにこちらに着くということだった。腕時計を見ると、午後六時丁度だった。

まだ足の具合が完全ではないのか、大槻は右足を庇《かば》うようにひょこんひょこんと歩いている。「大槻さん」と名を呼びながら沖名が近づいていき、佐貴もその後に続いた。

「うむ。わざわざ出迎えとは感心だ」

「出迎えたわけじゃないんですけどね。たまたまですよ」

「そういう時は嘘でも『出迎えました』と言っとくもんだろう」

「ああ、そっか」すみません、と沖名は頭を掻く。

「足は大丈夫なのですか?」

ゴードンのリードを握ったアーネストが、少し遅れてやってくる。「見たところ、まだ痛みがあるようですが」

立派な犬だ、と大槻はゴードンを評してから、「もうほとんど治っとるんだが……どうもおかしな歩き方が身についてしまってな。そっちに難儀しとる」

「それにしても、ずいぶん大荷物ですね」

佐貴は大槻の手から菓子折りの紙袋と、スーパーのビニール袋を受け取った。スーパーの袋はその後、すぐに沖名の手に移る。それでも大槻の手にはまだ、大きな白い紙袋が提げられていた。ゴードンはそれらに興味津々の様子で、アーネストにリードで押さえられながらも、精いっぱい首を伸ばして鼻をひくつかせている。

「そっちは手土産。これは大事な届けものだ」

大槻はふたつの紙袋について説明する。

「これは?」沖名が自分の手にあるスーパーの袋を示す。

「それはあれだ。竜堂君の顔を見ると飲みたくなると思ったからな。途中で買ってきた」

沖名と共に袋の中を覗き込み、佐貴は大いに呆れた。……いや、むしろ感心した。

メロンシロップの瓶と、炭酸水のボトル。ご丁寧にサクランボの缶詰まで入っている。

「材料があれば作れるんだろう? アイスは持ってくる途中で溶けると思ってな。仕方なく諦めた。今回はメロンソーダで我慢してやろう」

胸を張って言う大槻がおかしくて、佐貴たちは笑った。

何やらこの老人が、妙に頼もしく思えた。

第四章　君のために

1

家人との挨拶をすませた大槻を、佐貴たちは二階の客室へ連れて行った。メロンソーダは夕食後の楽しみということにして、材料は冷蔵庫に保管してもらっている。

沖名との電話により、大槻も大まかな事情は承知しているらしかったが――特に壊れたヴァイオリンについては、発見の際に通話中だったということで、彼もリアルタイムで知ることになったようだ――それ以降のことも含め、佐貴たちは大槻に改めて説明をした。

「それにしても、こんな時間に来るなんて。いかにも夕食をごちそうになりに来たって感じじゃないですか」

安楽椅子に座った大槻に、沖名がソファの上から半ば呆れた視線を注ぐ。

「失礼な。わしは、ちゃんと目的があってここへ来たんだ」

「そういえば、大事な届けものがあるとか言ってましたっけ」

うむ、と頷いて立ち上がると、大槻は白い紙袋を手にしてテーブルの方へ向かった。

「実は昨夜、奇妙な夢を見てな」

「あの部屋で眠ったのですか？」テーブルの椅子に座るアーネストが問う。

「いや、自宅の寝室でいつも通りに寝とったんだがな。あの部屋が夢に出てきた。四畳半の座敷の真ん中に、こいつがちょこんと座ってる夢だ」

紙袋の中から長方形の白い箱が取り出される。佐貴と沖名もそれぞれ腰を上げてテーブルに近づいた。

箱が開かれた瞬間。「あっ」と佐貴は声を上げた。

中に入っていたのは、淡いピンク色のドレスを着た西洋人形だった。やわらかな金色の髪をして、優しい微笑みを浮かべている。

間違いない。聖蓮の腕に抱かれていた人形――アーネストが言っていた通りの人形だ。

「これは……どうされたのですか？」

アーネストの瞳にも、同様の驚きが浮かんでいた。

「辻は身寄りがなかったから、あいつが死んだ時に荷物を片づけたのはわしだったんだが、その時に荷物の中から見つけたんだ。新品で、こうしてきちんと箱に入って……当時はリボンもかけられていた。誰にやるつもりだったんだろうと考えてたら、どうにも捨てられなくなってな。他のものは処分してしまったが、これだけとっておいたんだ。

押し入れにしまいこんだまま、ずっと忘れとったんだが……昨夜の夢で思い出してな。

今朝、押し入れを引っかき回してようやく見つけた。客が来るのにこんなに散らかしてどうするんだと、うちのやつに散々文句を言われたがな」

アンティーニの人形の証《あかし》たる十字架は、その人形の胸元にはなかった。出来栄えそのものも、彼の人形と比べてしまうと見劣《みおと》りする感は否めない。

佐貴は決して人形に詳しいわけではないが、それでもさほど美術的価値の高いものではないだろうと察せられた。普通に愛《め》でるぶんには、充分に愛らしい人形だが。

「そういうことだったのですね」アーネストはくすりと笑った。

あの部屋で見た人形の幻を、佐貴たちはすぐにアンティーニと結びつけ、聖蓮との関係のみで考えてしまっていた。だから沖名や大槻に確認することはしなかった。沖名はともかく、大槻に確認していればすぐに正体はわかったはずなのに。

「こんな人形のこと、ここへ来た時にアーネスト君、凪子さんに訊いていなかったたっけ?」

沖名が不思議そうに首をひねる。

「あのアパートの部屋で聖蓮ちゃんを見つけた時に、アーティはこの人形の幻を見ていたんですよ」

佐貴自身もそれらしい影を見はしたのだが、いちいち説明するほどのことでもないので黙っておく。

「ですが、僕はそれをこの屋敷にあるものだと思い込んでいました。まさか大槻さんがお持ちだとは、考えもしなかったのです」

「人形の幻か……。僕には、そんなものは見えなかったなあ」

沖名だけでなく、大槻にも見えてはいなかったのだろう。見えていれば彼は、すぐにこの人形の存在に思い至ったはずだから。

彼らは見ていないのに、なぜ自分には見えたのだろうか。佐貴は自問する。ほんの一瞬だったし、単純にタイミングの問題だったのかもしれないが、日頃から人形というものに過敏になっているということも、もしかすると理由のひとつだったかもしれない。

「やはり、わしの勘は間違っていなかったな」大槻は満足そうに頷いた。

「勘?」と沖名。

「あの夢は、辻からのメッセージのように思えた。この人形をあの子に渡してくれと、あいつが言っているような気がしたんだ。なあ、アーネスト君。そうだろう?」

「そうですね」微笑み、アーネストはそっと人形に手を伸ばす。「大槻さんを通じて、辻さんが届けようとしてくれたのでしょう。聖蓮と——そして、僕に」

人形の身体を両手で包み込むと、アーネストはそのまま目を閉じ、動きを止めた。

沖名と大槻は不思議そうにアーネストを見て、問うような視線を佐貴に向けてくる。

「霊視をしてるんです」佐貴は説明した。

「れいし？」

「強い念が込められた物体に触れて、意識を集中することで、アーティにはその念を読み取ることができるんですよ」

「サイコメトリーってやつか」すごいな、と沖名が感心する。

「って言っても、アーティの場合は具体的な映像なんかが見えるわけじゃなくて、人がその物に込めた感情や、想いってやつを感じ取る程度らしいですけどね。それも、よほど強く込められたものじゃないと読むことはできないみたいだし」

しかもその後には、反動として強い頭痛や眩暈《めまい》に襲われる。だからアーネストは、よほど必要でない限り、自分からそれをやろうとはしない。

しばらくすると、アーネストがゆっくりと目を開いた。

「何か、読み取れたか？」

ああ、と答えながら、アーネストはこめかみの辺りをさする。さっそく反動がやってきたらしい。懐《ふところ》に手を入れると彼は、こういう時のために持ち歩いている鎮痛剤を取り出して、水もなしに飲み下した。

少し落ち着いてくると、アーネストは大槻に向かって深く頭を下げた。

「改めて、お礼を言わせて下さい」

「礼？」

「僕は聖蓮に記憶を取り戻させるために動いていましたが、ヴァイオリンを壊されてしまい、方向転換を余儀なくされました。明らかになった真実を彼女に突きつけて、記憶を呼び覚まさせる——その方法はしかし、僕にはやはり抵抗がありました。彼女の今の状態が辻さんのスピリットの意志であった場合、それを無にしてしまうからです。僕は霊媒です。できるなら、死者の想いに反することはしたくない」

でも、とアーネストは、テーブルの上の人形に慈しむような視線を落とす。

「大槻さんがこの人形を届けて下さったお陰で、辻さんの想い——望みがはっきりとわかりました。そしてたぶん、この人形を通じて辻さんが力を貸してくれるでしょう」

「辻が……?」

「後はお任せ下さい」

そう言ったアーネストの声は、自信と力強さに満ちていた。

「人魚に憑《つ》かれたこの家の悲劇は、僕が終わりにしますから」

2

午後七時から始まった夕食は、言うなれば幕間《まくあい》的な時間だった。

もっとも、そう思うのはアーネストの宣言を聞いている佐貴たちだけで、聖蓮、凪子、梶原、政恵の四人にとっては、また違って感じられたかもしれないが。

食事をしながら、佐貴はつい向かいの凪子の様子を窺ってしまう。佐貴たちの推理によれば、アーネストのヴァイオリンを壊した可能性のもっとも高い人物だ。最初にリビングで話してからというもの、思えば彼女とはここに至るまで顔を合わせてさえいなかった。

目が合うと、凪子は淡く微笑んで「お味はいかがですか？」と訊いてきた。

「あ、すごくおいしいです」

「それはよかったです」

実際、政恵が腕を振るってくれたという料理は想像以上に美味だった。見た目も本格的なコースのようで、季節の食材を使った和洋折衷の料理たちが、洒落た皿に少量ずつ美しく盛られて出てくる。店で出されるものと比べても遜色《そんしょく》がない。「プロの料理人になれますよ」とお世辞でも何でもなく言うと、「いえ、そんな」と首を振りながらも政恵は、まんざらでもない様子だった。

聖蓮は隣に座るアーネストと他愛のない会話をしながら食事をしていた。ときおり二人で笑い合い、普段は淡々と食事をするアーネストもいつになく楽しそうだ。

けれど、場に明るい空気をもたらしていたのは、何と言っても沖名と大槻だろう。彼らの掛け合いはいちいち漫才のようで、このコンビは素晴らしいムードメーカーだった。

デザートの段になると、佐貴も台所に行って大槻お待ちかねのクリームソーダを作った

――メロンソーダで我慢すると大槻は言ったが、幸いにしてここの冷凍庫にはアイスクリームがあったのだ――。作るのは簡単でも、なかなか家庭でクリームソーダを飲む機会はない。珍しさもあって、大槻はもちろんのこと、他の皆にも好評だった。

そうして、楽しい食事もそろそろお開きとなった頃。

「よろしければ、食後の散歩に行きませんか？」

にこやかにアーネストが提案した。

「散歩、ですか？」凪子は怪訝な色を滲ませる。

「ええ。裏庭の池まで。今夜は月が綺麗に出ているようです。月を映したあの池の姿は、きっととても風流でしょう」

さあ行きましょう、と皆を促すアーネストの物腰は穏やかながら、有無を言わせぬ力強さも持ち合わせていた。

昼は薄暗い印象だった裏庭は、夜になると遊歩道の所々でライトがともり、持ってきた懐中電灯を使わなくても歩くのに不自由はなかった。

先頭を行くアーネストは、聖蓮をエスコートするように紳士然と歩いている。その後ろに佐貴と沖名と大槻が続き、そのまた後ろに凪子と、ゴードンを連れた梶原。最後に、自分もついて行っていいものかと、迷いながら歩く政恵の姿があった。

これがただの散歩ではないことを、聖蓮や凪子たちも何となく感じているのだろう。遊歩道を行く八人の間には、儀式を執り行っているかのような、おごそかともいえる空気が漂っていた。

そうして、佐貴たちは池にたどり着いた。

昼間は意識しなかったが、ライトは池の周りにも設置されていて、月明かりと共に池の姿を暗い森の中に浮かび上がらせている。

冷えた空気にはやはりあの臭いが含まれていたが、多少慣れたせいか最初の時ほどには気にならなかった。

「この池だ」佐貴の横で、大槻が小さく呟いた。「夢で見たのと、まるきり同じだ」

中央にぽつりと月を落として静かに佇む池の姿は、アーネストの言う通り風流の二文字に尽きた。水面に浮かぶ植物もなく、泳ぐ動物もいないこの池は、なるほど月の受け皿となるべくつくられたのかと思わず納得してしまいそうだ。

「汐見美奈世さんいわく、人魚が棲むという池——」

静謐《せいひつ》な夜の空気の中に、アーネストの声が響く。

「実際にそのようなものがいるかどうかはさておき、この家の方々が人魚の存在とこの池に、長年とらわれ続けてきたのは事実でしょう。それこそが、この家にまつわる悲劇の原因であり、正体でもあると僕は思います」

「何のお話でしょうか」

普段のアーネストに負けないくらいの、無機質な表情と声色で凪子が言った。「食後の散歩には、ふさわしくない話題のように思えますけれど」

「十四日の夜、この場所で何が起こったのか。知りたいとお思いになりませんか?」

「何かわかったんですか?」梶原が驚きと期待を込めた声を上げる。

「森の中にあるゴードンの宝物の隠し場所で、これを見つけました」

アーネストはポケットから、ICレコーダーを取り出して凪子たちに見せた。

「亡くなった堀内さんが事件当日に持って来たものと思われます」

「ゴードンが拾っていたということですか」

飼い主の視線を受けて、ゴードンはお座りの姿勢でぱさぱさと尻尾を振る。

「そうです。幸いなことに本体も中の電池も無事で、きちんと再生することができました。ここには、事件当時の堀内さんと聖蓮さんのやりとりが記録されています」

聞きたいですか、とアーネストは聖蓮に尋ねた。

「聞かせて下さい」答えた聖蓮に、迷いや恐れはなかった。

「いいえ。聖蓮が聞く必要はありません!」

強い口調で凪子が言い、アーネストに向かって手を伸ばす。「それは私が預かります。うちの敷地で見つかったものです。私から、警察の方にお渡しします」

「本当に、警察に渡すつもりがありますか？」

「大切な証拠を私が握りつぶすとでも言うのですか？　何のために？」

「聖蓮さんが記憶を取り戻すことを、凪子さんは望んでいないでしょう」

というよりも、とアーネストは言葉を続ける。「事件が起こった日に、堀内さんが聖蓮さんに言ったであろうことを、あなたは彼女に思い出させたくないはずです」

「堀内という人が聖蓮に何を言ったかなんて、どうして私にわかるのですか。事件の日、私はここにはいませんでしたし、彼を知りもしないのに」

「少なくとも一度、凪子さんは堀内さんと会っているはずです。美奈世さんの葬儀の時に、彼はあなたに接触をしてきましたよね？　あなたは相手にしなかったのでしょうが、その時に聖蓮さんのことをほのめかされていたのではありませんか？」

「義母の葬儀の時？　何を言っているのか、私にはよくわかりません」

「それでは、これを聞いて下さい。僕が語ることはどうしても推測をまじえたものになってしまいますが、ここに記録されていることは紛《まぎ》れもない真実です」

「やめて下さい！」

レコーダーの再生ボタンを押そうとするアーネストを、凪子は再び強い声で制した。

「どうしてもそれを再生すると言うなら、聖蓮のいない場にして下さい。記憶を失うほどショックを受けた出来事なんですよ。それをもう一度、あなたはこの子に味わわせるつもりなんですか」

「わたしは、大丈夫だから」

聖蓮は凪子に向かって訴え、「聞かせて下さい」と改めてアーネストに頼んだ。

「聖蓮、あなたは——」

「凪子さん」梶原も穏やかな声を投げかける。「聖蓮ちゃんは凪子さんが思うほど子どもではないし、弱くもない。それに、僕たちもついているんですから。大丈夫ですよ」

凪子はうつむき、首を振る。あなたたちは何もわかってない。そう言いたげだ。

「ご安心下さい」

聖蓮と梶原に続いて、とどめとばかりにアーネストがにっこりと微笑んだ。

「辻さんも、納得してくれていますから」

凪子の顔が凍《こお》りついたように固まった。

アーネストは、ICレコーダーの再生ボタンを押した。

3

雑音にまじってかすかに聞こえる聖蓮の歌声。不意にその歌声が途切れ、「誰っ」と彼女の鋭い声が飛ぶ。

「これは失礼。チャイムを鳴らしても応答がなかったもんですから」

堀内のものと思われる、粘りを帯びた低い男の声が聞こえた。

強い警戒心をあらわにする聖蓮に、堀内は自身の名前と職業を明かして危害を加える意思のないことを告げるが、フリーのライターという職業は、余計に彼女の警戒心を強めたようだった。

「そんなに怖い顔をしないで下さい。俺は、亡くなったあなたのお祖母様《ばあさま》とはお友達だったんですから」

「……嘘」

「本当ですよ。かれこれ十年以上、お付き合いを続けてきたんです。彼女が亡くなってしまって、俺もとても残念でね。だから今後は、あなたのお母様とお付き合いを続けていきたいと思ってるんですが……。お母様は、どうにもつれなくて」

「……母は今、会社に行っていてここにはいません。帰って下さい」

ゴードンも近くにいるらしく、ウォンウォンと犬の吠え声が聞こえる。

「聖蓮さん、でしたよね。知ってますよ。お祖母様はあなたを、この敷地内にずっと閉じ込めてきたんですよね。そのお祖母様の葬儀にさえ、参列させてもらえなかった」

「帰って下さい。お願いですから」

「まったく、ひどい話ですよねえ。あなただって本当は、お友達とおしゃべりしたり、遊びに行ったりしたいでしょう？　立派な後継ぎに育てたいというなら、むしろ色んな経験をさせるべきなのに。おかしいですよね。どうしてだろうって、不思議に思いませんか？」

聖蓮は答えない。けれどその沈黙が、彼女の思いを雄弁に物語っていた。我が意を得たりとほくそ笑む堀内の姿が目に浮かぶようだ。

「俺はその答えを知ってますよ。せっかくこうしてお会いできたんだ。教えてあげましょう。あなたのお祖母様はね、あなたの身体に流れる血を恐れていたんですよ」

「わたしの身体に流れる血……？」

「犯罪者の血。もっと言ってしまうなら、人殺しの血です。あなたのその血を目覚めさせないように、監視していたんでしょうねえ。お祖母様と、そしてたぶんお母様も」

再びの沈黙。レコーダーの外側でも、同様の沈黙が流れていた。

「……嘘です。いい加減なこと、言わないで下さい」

「いい加減じゃありませんよ。言ったでしょう。俺はあなたのお祖母様とお友達だったって。だから色々と知ってるんですよ。あなたの本当の父親のこととかもね」

「本当の、父親……？」

「《靴蒐集家》事件って、お嬢さんはご存知ないですか？　二十年ぐらい前に市内を騒がせた連続殺人事件です。犯人は辻って男で、十四年前に調布のアパートで遺体で発見されたんですよ。病死だったそうですがね」

「それが……何だっていうんですか……」

「俺は当時、その事件を取材してましてね。現場のアパートの近くで見かけたことがあるんですよ。あなたのお母様をね。ミコト化粧品の美人副社長って、以前に雑誌に載ってるのを見たことがあったんで、すぐにわかりました。その隣には、あなたの姿もありましたよ。小さかったから、あなたは覚えていないかもしれませんが」

「わたしも……？」

「お祖母様の目を盗んで、連れ出して来たんですかねえ。あなたの小さな手を握って、お母様はすごく切ない表情でアパートを見上げていましたよ。殺人犯の遺体が見つかったアパートをね。これは何かあるなって、ぴんと来ました。それで――おや、顔色がよくありませんね。そういえばここは少し冷えますね。雨も降ってきそうだし、お屋敷の中へ入りましょうか。続きは中で、ゆっくりお話しして差し上げますよ」

堀内は、促すついでに聖蓮の肩でも抱いたのだろう。

ガサッと音がしたのは、聖蓮が堀内の腕を振り払ったためと思われる。

「やめて下さい。触らないで」

「あなたのお母様もそうですが、あまり俺を邪険に扱わない方がいいですよ。仮に俺が知っていることを全部書いたら……あなた自身もミコトの会社も、ものすごく困ったことになると思いますよ。だから、ねえ」

仲よくしましょう、と堀内が聖蓮にすり寄る気配。

「やめて!」

うわっという声と共に聞こえたゴトンという大きな音は、レコーダーが地面に落ちた音だろう。激しい水音の後、聖蓮の悲鳴が上がる。

彼女が堀内を押しのけるか何かした拍子に、相手が池に落ちたことは想像に難くない。水を掻いているらしい音が聞こえる。ウォンウォンとゴードンが吠える声も。

「た、助けてくれ!」

「つかまって」

聖蓮は手を伸ばしたか、もしくは木の棒か何かを差し出したらしい。

「あ、足……」がぼっと水を飲みながら堀内は必死に訴える。「足が、何かに……何かに、引っ張られて――」

再び聖蓮の悲鳴。途絶える水音。興奮したようなゴードンの声。

そして――堀内は、池に沈んだ。

「以上です」アーネストはレコーダーを停止させた。

その後は雑音が続き、突然プツッと音が切れるのだ。聖蓮が落ちていたそれに気づいて停止させたのか、あるいはゴードンが隠し場所に運ぼうとして、くわえた拍子にボタンを押したのかもしれない。

佐貴たちは既に一度それを聞いていたが、現場となった池を目の前にして聞くと、改めて大きな衝撃を受けた。初めて聞く凪子たちには相当衝撃的だっただろう。

聖蓮が頭を抱え、その場に膝をついた。咄嗟《とっさ》に佐貴の足は動きかけたが、彼女の側にいた梶原が、身を屈めて支える方が早かった。

当事者である彼女が受けた衝撃の大きさは、佐貴には到底想像がつかない。記憶を揺さぶる威力は充分にあったはずだ。

アーネストは聖蓮の様子をちらと窺ってから、

「お聞きの通り、堀内さんの死は事故です。池に落ちた彼を、聖蓮さんは助けようともしていません。その後に通報することなく現場を立ち去ってしまったことは多少問題になるでしょうが、当時の状況と彼女の心情を考慮すれば、罪に問われることはないでしょう。タクシーを乗り逃げしてしまったのは、また別問題かと思いますが」

「しかし、足が引っ張られたと言っておったが……?」大槻が言った。

「堀内さんの遺体の足には水草が絡んでいたといいますから、それで引っ張られたように感じたんでしょうね、きっと」

答えたのは、アーネストではなく沖名だった。

「あの、凪子さん……。あの人が言っていたことって……？」

恐る恐るというふうに政恵が尋ねる。

「でたらめです。あんな男の言うことは全部でたらめです。決まっているでしょう」

「本人も語っていたことですが、堀内さんはかつて《靴蒐集家》事件の取材をして、記事を書いていました」

凪子の否定を無視する形で、アーネストが静かに話し始めた。強い抗議の視線を彼女に向けられても、まったく動じることはない。

「かなり熱心にその事件を追っていたようですが、辻さんの遺体がアパートで発見されたという、結末ともいえる肝心な部分については、なぜか記事にならなかったということです。理由はいくつか考えられるでしょうが、堀内さんが調べていた辻さんと汐見家の関係について、書かれては困る人物が彼と交渉をしたというのが事実だったと思います」

「その人物というのが、美奈世さんだったわけですね」

梶原が深く息を吐き出した。「口止めのために、美奈世さんは長年にわたって堀内さんに金を払い続けていた——美奈世さんと十年以上、付き合いを続けてきたと彼が言っていたのは、そういう意味でしょう」

「そうですね。恐らくは定期的に会って、手渡しをしていたのだと思います。振り込みという方法をとっていたなら、とうに警察がその関係を摑んでいるはずですから」

「だけど美奈世さんは亡くなってしまった。堀内さんとしては、せっかくの金づるを手放したくはないところだね」

いかにも納得できるというふうに沖名は頷いて、「だから美奈世さんの葬儀の時に、彼は新社長となった凪子さんに接触したわけだ」

凪子は胸の前で両手を握りしめ、苦行に耐えるように沈黙を守っている。

「自分の葬儀に聖蓮さんを参列させないようにと美奈世さんが言ったのは、そうした堀内さんの動きを予想したためだったと思います。美奈世さんとしては、彼を聖蓮さんに接触させたくなかったのでしょう。

ところが、凪子さんに相手にされなかった堀内さんは、聖蓮さんに狙いを定めてしまいました。彼女に凪子さんを説得させようと考えたのか、もしくは単純に、聖蓮さんと接触したという事実でもって凪子さんにダメージを与えようとしたのか。今となっては知るすべがありませんが、あるいはその両方だったかもしれませんね。あの日、命を落とすことがなければ堀内さんは、その後に凪子さんのもとへ行って、このレコーダーの中身を聞かせながら改めて交渉をするつもりだったのかもしれません」

「でたらめです」凪子は繰り返したが、その声に先ほどまでの力はなかった。「事実ではありません。あの男が言っていることは……事実なんかじゃない」

「そうですね。僕もそう思います」

同意したアーネストに、凪子は驚いたように伏せつつあった目を上げた。

「堀内さんは、辻さんが聖蓮さんの本当の父親であると考えていたようですね。アパートで見かけたあなたの様子。そしてその後の取材で、恐らくは《みどり生協》という繋がりも知り、あなた方の関係を想像していた。加えて聖蓮さんの現状を知り、そうした結論に至ったのでしょう。しかしそれは、凪子さんが言うように事実ではなかったと思います。

聖蓮さんの首筋にある痣——美奈世さんは人魚の印と呼んでいたようですが、同じ痣が汐見達弥さんにもあったそうですね。そのため美奈世さんは、聖蓮さんが達弥さんのように人魚に魅入られてしまうことを警戒していた。このことから、聖蓮さんの父親は汐見達弥さんであることに間違いはないと僕は考えます」

「でもさ」と佐貴は口を挟んだ。「聖蓮ちゃんが辻秀巳の娘だったっていう堀内さんの考えが事実じゃなかったなら、美奈世さんは何で彼に口止め料を払い続けてたんだ？　でたらめでも、記事にされると本当みたいに思われて困るからか？」

「それもあるかもしれないけれど、美奈世さんが真に恐れたのは、その先の真実を暴《あば》かれることだろうね」

「その先の真実？」

「自分の考えが間違っていたと知った時、堀内さんはそれで納得をして取材を終えるだろうか？　それなら問題はないけれど、いくつかの疑問は彼の中に残るはずだ。真実を追求しようと取材を続ける可能性は充分ある。堀内さんはきっとそうするだろうと思ったからこそ、美奈世さんは彼の考えをあえて事実と認め、口止め料を渡すことにした。そうすることで、彼にそれ以上の取材をさせまいとしたんだ」

「その先の真実って、何なんだい?」今度は沖名が問うた。

「やめて!」

凪子が悲鳴にも似た声を発した。「やめて下さい。何の権利があってあなたは、そんな話をしているんですか。私たちの身内でも、警察の人間でもないのに。昼間も言いましたが、私は聖蓮を助けてくれたお礼をするためにあなたたちをここへお招きしました。それなのに、なぜこんな仕打ちを受けなければならないのですか」

凪子の物言いに佐貴はかちんと来た。それで、思わず言ってしまった。

「それはこっちの台詞《せりふ》です。アーティは大切なヴァイオリンを壊されました。礼をするために招かれて、どうしてそんな仕打ちを受けないといけないんですか」

「ヴァイオリンを?」

梶原と政恵がそろって目を瞬《しばたた》かせ、アーネストと凪子を見比べた。

「そんな……私は知りません」

知らないと言いながら、凪子の顔に驚きは見られない。本当に知らないのであれば、梶原たちのように、ヴァイオリンが壊れたという事実にまず真っ先に驚くはずだ。

「あなたが壊したんでしょう？　聖蓮ちゃんに記憶を取り戻させたくないから。アーティがヴァイオリンを奏でれば彼女の記憶が戻るかもしれないと知って、そうはさせまいと壊したんだ」

「ずいぶんひどいことを言うんですね。なぜそこまで言われなければならないのか……悲しくなります」

佐貴の怒りは膨らみ、そして破裂した。

「悲しんだのはアーティの方ですよ！　大切なヴァイオリンをあんな滅茶苦茶にされて。あの時のこいつが、どんな顔をしてたかわかりますか？　どれだけ大きなショックを受けてたのかわかりますか？　あなたはアーティのヴァイオリンを一度も聞いたことがないから……だから、あんなことができたんだ。一度でも彼の音を聞いた人間は、あんなことはできません。絶対に、できるはずがない！」

「滅茶苦茶……？」凪子の顔に、そこで初めてかすかな驚きが浮かんだ。

けれど佐貴はそんなことは気にしなかったし、「佐貴」とアーネストに名を呼ばれても、溢れ出る言葉を止めることができなかった。

「それでも、こいつはこうやってまだ続けようとしてるんです。この家と、ここの人たちのために。聖蓮ちゃんや、凪子さんのために。大切なものを壊されても、あなたたちを助けようとしてるんです！」

「それは、善意の押し売りというものではありませんか」

凪子が築く分厚い壁は、佐貴の言葉をすべて吸収しようとしていた。

「あなたたちに助けて欲しいなんて、誰がお願いしましたか？」

「それは……」そう言われてしまうと、佐貴には返す言葉がない。

「わたしがお願いします」

別の方向から声がした。静かだが、はっきりとした声だった。

聖蓮だった。膝をつき、梶原に支えられていた彼女は、いまやしっかりと自分の足で立っていた。

「聖蓮……」

「祖母は、わたしを特別な子だと言いました。人魚の印を持っているから、人魚の影響を受けやすいのだと。だから強い意志を持ち、人一倍の努力をして正しい人間にならなければいけないと。祖母がいう人魚というものが本当のところ何なのか、わたしには理解できなかったけど……でも、祖母がひどく恐れているのはわかりました。人魚と——そして、わたしの中の何かを」

彼女がこれまで滲ませていた、どこか不安げで儚げな雰囲気は消え去っていた。しっかりと前を見据えるその顔にはしかし、それまでにはなかった冥い翳《かげ》りが浮かんでもいた。

これが本当の彼女。本物の汐見聖蓮なのだろう。

「記憶を取り戻したのですね」

アーネストの言葉に、はいと聖蓮は答え、あの日のことを話し始めた。

「堀内という人から、わたしの身体には人殺しの血が流れていると聞いた時、信じたくないという気持ちと同時に、すとんと胸に何かが落ちた気もしたんです。ああ、そうだったんだって。ようやく答えを得た思いがしました。でも、あの人は池に沈んでしまった。そんなつもりはなかったけど、わたしが落としてしまった。知ったことでさっそく、わたしの中のその血が力を発揮したのだと思いました。人魚の影響などと祖母が言い、恐れていたのはこのことだったんだって」

だけど、と聖蓮は、強い光を湛えた瞳をアーネストに向けた。

「それが違うというのなら——真実を知っているというのなら、教えて下さい。それを語る権利はあなたにないと母は言いました。でも、わたしには知る権利があるはずです。だから、教えて下さい」

お願いします、と聖蓮は深く頭を下げた。

「わかりました。とはいえ僕としては、凪子さんご本人の口から語っていただきたいと思うのですが……」

「私に話すべきことなど、何もありません」

もはやアーネストと目を合わせることもなく、凪子は答えた。

「――聖蓮さんには、悪魔の印がある。凪子さんは過去にそう言ったことがあるようですが。これもまた、彼女が持つ痣を示していたのですよね」

「そんなこと、誰が言ったのですか。私は知りません」

「なぜ人魚の印ではなく、悪魔の印と言ったのか。美奈世さんが信じていた人魚というものに対する皮肉ではないか、というのは沖名さんの意見です。それもあるかもしれません。けれど僕は、言葉の通りなのではないかと思いました。すなわち凪子さんにとって、それは人魚ではなく、確かに悪魔だったのだと」

「ですから、私は――」

凪子の言葉を遮るように、アーネストは聖蓮に視線を戻した。

「堀内さんがあなたに話したことは、すべてが間違っていたわけではありません。そこには、真実も確かに含まれていたはずです」

「どれが……真実なんですか？」

「酷な言い方になるのを承知の上で、あえて彼の言葉をそのまま使わせていただきますが、あなたの身体には人殺しの血が流れている――という部分です」

聖蓮の顔が強張《こわば》った。佐貴の頭は混乱した。

「ちょっと待て、アーティ。それが真実だっていうなら、堀内さんの考えはやっぱり間違ってなかったってことにならないか？」

ここに至って、それはないだろう。

「なぜ?」

「人殺しの血が流れてるっていう部分が真実なら、聖蓮ちゃんが辻秀巳の娘だったっていうのも真実ってことになるじゃないか」

「ならないよ」

「どうして」

「辻秀巳は、人殺しじゃない」

4

「人殺し、じゃない……?」

言われた意味が理解できなかった。「だって辻秀巳は、《靴蒐集家》事件の犯人だろ」

「どうしてそう言い切れるんだ」

「どうしてって」

まさか、大前提となるその部分を揺るがされるとは思ってもみなかった。

「辻が死んだアパートの部屋からは、被害者から奪った靴や遺体の写真や犯行を告白する文書まで見つかったっていうじゃないか」

「それだけだ」

「それだけって……」

「病死した人間の部屋から事件に関係する品が見つかり、本人が犯行を告白する文書を書いていた。辻さんを犯人たらしめているのはそれだけだ」

「それだけで充分じゃないのか？　偽物だっていうならまだしも、本物だって判断したから警察は、彼を犯人と断定したんだろ。もし辻が犯人じゃないっていうなら、そんなものを持っていたり、書いたりすることがそもそもおかしいじゃないか」

「では逆に訊くが、辻さんが本当に犯人だったとしたら、美奈世さんが堀内さんに口止め料を払い続けた理由はどこにある？」

「は？」

「辻さんは聖蓮の父親ではないのだから、その事実を主張すればいい話だ。記事を書かれて多少騒ぎになったとしても、所詮《しょせん》は真実ではない。凪子さんが殺人犯とたまたま知り合いだったというだけのことであれば、驚かれはしても特別責められることではないだろう。女帝とまで言われていたやり手の美奈世さんなら、その辺りはうまく対処できただろうし、最終的に痛い目を見るのは堀内さんだったはずだよ」

「それはそうかもしれないけど……。でもじゃあ、本当のところはどうだったっていうんだよ？」

「ここまで話したことを総合すれば、答えはおのずと明らかになるはずだ。一、《靴蒐集家》事件の犯人は辻秀巳ではない。二、美奈世さんは真実を堀内さんに知られることを恐れていた。三、聖蓮の身体には、堀内さんが言うところの『人殺しの血』が流れている。四、聖蓮の首筋にある汐見達弥と同じ痣を、凪子さんは人魚ではなく、悪魔の印と称した」

「それって、つまり――」

「わたしの父が、《靴蒐集家》事件の本当の犯人だったっていうんですね」

言ったのは聖蓮だった。ふっとその唇に、諦めとも悲しみともつかない笑みが浮かぶ。

「それなら祖母は、お金を払うしかありませんね。取材を続けられて真実を突き止められてしまったら、きっととても大変なことになったでしょうから」

「だけど、それじゃあ……」

佐貴にはまだ納得ができなかった。「どうして辻さんが犯人ってことになったんだよ？ まさか、美奈世さんたちに罪を押しつけられたのか？」

「凪子さん。どうか聖蓮さんに、本当のことを話して差し上げて下さい」

やんわりとアーネストは言ったが、凪子はいよいよ苦痛がひどくなった顔で、それでもまだ沈黙を守り続けていた。

「あなたが守ろうとしているものを、僕は理解しているつもりです。苦しかったでしょうね。本当のことを話すことはできない。けれど聖蓮さんが世間の人たちのように、辻さんを《靴蒐集家》事件の犯人と認識してその存在を嫌悪することは、凪子さんとしては絶対にあってはならないことだった。ですから、自分の持つネタを聖蓮さんに話すと堀内さんにほのめかされた時には、大いに焦ったことと思います。凪子さんは彼を警戒していたでしょうが、結果として聖蓮さんへの接触を許してしまう形になった。彼女が記憶を失ったと知った時にはだから、それを取り戻させたくないと強く思ったでしょうね」

「……やめて下さい。もう。お願いですから……」

凪子は懇願《こんがん》したが、アーネストの言葉は止まらなかった。

「確かに、当時は『それ』が必要だったのかもしれません。あなた自身のためにも、そして、聖蓮さんの未来のためにも。ですが、聖蓮さんはもう状況のわからない幼い子どもではありません。自分で考え、判断し、行動することができる一人の人間です。そんな彼女を当時の形のままで守ろうとすれば、当然歪みが生じます。今の状態をこの先も続けていけば、歪みは大きくなっていく一方です。それは新たな悲劇を招き、聖蓮さんのみならずあなた自身をも不幸にしていくでしょう。そんな状態を辻さんが望むと思いますか？　思い出して下さい。辻さんが真に望んでいたことを。それは決して、『秘密を守る』ということではなかったはずです」

「話して、お母さん」

聖蓮が毅然《きぜん》と母親に向き合った。「わたしは本当のことが知りたい。たとえそれが、どんなにつらいことであっても。わたしは大丈夫」

だって——と聖蓮はそこで、佐貴の方に目を向けた。

「一人じゃないから。助けてくれる人たちが、わたしの周りにはちゃんといるから」

そうですよね？ と目で問うてくる聖蓮に、佐貴は強い頷きでもって応えた。

「だからお願い。教えて、辻さんのことを」

「…………」

凪子は目を閉じ、ひとつ深呼吸をした。それから目を開き、

「あなたたちの言う通りです。《靴蒐集家》事件と呼ばれたあの事件の犯人は、私の夫——汐見達弥でした」

長年溜め込んだものを吐き出すように、ゆっくりと彼女は語り始めた。

5

「あの事件の五人目の被害者が見つかって、数日後のことだったと記憶しています。調べもののために普段はあまり入ることのない夫の書斎に入った私は、被害者の女性たちを写した写真と、片方だけの女性靴を見つけました。初めは意味がわかりませんでしたし、理

解してからも信じられませんでした。きっと何かの間違いか冗談に違いないと思い、私は夫にそれを突きつけて、問い詰めたんです」

「危険なことを……」梶原が首を振る。「へたをすれば、凪子さんまで殺されていたかもしれない」

「あの人は気弱で、物静かな人でした。とてもそんなことができるような人じゃなかった。でも……女帝と呼ばれる母親の下で、妻のサポートを受けながら仕事をする日々は、あの人の男としてのプライドを静かに傷つけていたのでしょうね。日々溜まっていく鬱屈《うっくつ》した感情を、あの人はそういった最悪の形で発散させていたんです。

夫は、あっさりと自分のしたことを認めました。そして、悪びれることなく言ったんです。会社のことを考えれば、公にはできないはずだと。確かにその通りでした。女帝の後継者が世間を騒がせている殺人鬼――《靴蒐集家》だったと知れれば、間違いなくミコトは終わってしまう。自分たちだけならまだしも、私たちは多くの社員を抱える身です。それを思えば、とても公になんてできるはずがありません。あの人はそのことをよくわかっていたんです。

結局、私は見て見ぬふりをするしかありませんでした。でも、そうすれば夫が更に犯行を重ねていくことは目に見えていました。あの人は、この上ない楽しみを知ってしまったのですから。私は悩んで……そんなある夜のことでした。酔い醒ましにふらふらと池に向かう夫の後ろ姿を見かけたんです」

「まさか、凪子さん……」

呻《うめ》くような声を発したのは梶原だったが、彼女の話の行き着く先は、誰もが容易に想像できた。

「私は後をつけて……池に突き落としました。驚くほどあっけなく、あの人は池の底へと沈んでいきました」

実際にその池を見つめながら、淡々と語る凪子の横顔には怖いほどの迫力があった。彼女の網膜には今、当時の情景が映し出されているに違いない。

「幸いにも夫の死は、酔って足を滑らせた際の事故と判断されて、私の犯行が気づかれることはありませんでした。真実を知った義母は深く嘆きましたが、私を責めることも、警察に話すこともしませんでした。義母としても、できなかったのでしょう。その代わり――というのもおかしな話ですが、義母は以前にも増して池の人魚の存在にとらわれるようになりました。彼がそんな犯罪に手を染めたのも、結果的に池に沈むことになったのも、すべては人魚に魅入られたせいなのだと。人魚の印によって、定められていたことなのだと信じたのです。

それから間もなくして、私は妊娠に気づきました。息子を人魚の犠牲者と考える義母は、忘れ形見だといって素直に喜びました。でも、私は恐ろしくてなりませんでした。だってその子は、私が殺した殺人鬼の子なんです。義母がどんなに自分をごまかそうと、それが現実なのですから。私は堕《お》ろすつもりでいました。公にはできないだろうと言った時のあの人の顔が……あの悪魔のような顔が私の中に焼きついていて……産むわけにはいかないと思ったんです」

母親の口から「堕ろす」という言葉を聞くのは、子どもにとっては残酷だ。目を伏せた聖蓮を、いつの間にか隣に寄り添っていたアーネストがそっと支える。

「だけど、それに反対したのが辻さんでした」

佐貴の横で、大槻がベンチの方に目を向けたのがわかった。例の人形が入った紙袋が、そこには置かれていた。アーネストに言われてここまで持ってきたものだ。

「辻さんは《みどり生協》の配達員として、当時この家に出入りしていました。とても素朴で穏やかで……側にいるだけで温かく包み込んでくれるような人でした。私は彼に好感を抱き、配達にくるたびに短時間ながら話をするようになっていたんです。

夫が死んだことを知った時、辻さんは誰よりも親身に私を慰めてくれましたし、妊娠を伝えた時には、誰よりも喜んでくれました。でも、あまりに喜んでくれるので申し訳ない気持ちになって、産むつもりはないことをつい話してしまったんです。辻さんはとても驚いて、なぜかと尋ねてきました。そんな彼に私は……事情をすべて話したんです。今なら軽率だったと思います。でも、あの時の私は精神的にとても不安定になっていました。不安と絶望の中で溺れていて、必死にすがるものを探していたんです」

事情を知った辻は、それでも産むべきだと凪子を説得したという。お腹《なか》の子には何の罪もない。ひとつの命を奪ってしまったというのなら、宿ったばかりの小さな命まで殺すことは絶対にしてはいけないと。

「結果的に、私はその子を産みました。だけどその子には……夫と同じ場所に、同じ形の痣があったんです」

痛みを感じたように、聖蓮は自分の首筋に手をやった。

「ただの遺伝だと考えようとしたけれど、痣というのは遺伝しないと医師に言われて……。それならこれは、やはり夫の呪いなのだと恐ろしくなったんです。孫の誕生を心待ちにしていた義母も、一転して恐怖と不安に突き落とされたようでした。もっとも、彼女の場合はあくまで人魚の呪いと考えたようですが」

「僕の知り合いにも、そういう人間はいたけどな」

耳の後ろを掻きながら、沖名が言葉を挟んだ。「三代にわたって同じ場所に同じ痣を持つという人間がね。そういう例が実際にあるのは確かですよ。その知り合いの家は、もちろん呪いの家系なんかじゃなかったですし」

「辻さんも、同じようなことを言ってくれました。わざわざそういう事例まで調べて」

それでも彼女は、娘の首筋の痣を見るたびに夫を思い出し、手を上げるようなことこそなかったが、母親として愛情を注ぐことはどうしてもできなかったという。

「そんな私たちのことを心配して、辻さんは義母の目を盗んでたびたび様子を見にきてくれました。私にとって、彼は大きな支えでした。だから思うようになったんです。聖蓮を連れてこの家を出て、彼のもとへ行かれたらと。彼と一緒なら、きっと私も聖蓮のことをちゃんと愛せるようになる。そんなふうに思いました。もちろん義母は許さないでしょうし、いざそんなことを言えば辻さんも困ったかもしれません。結局、それは私の心の中だけにとどまりました。辻さんが姿を見せなくなったからです。身体を壊していたと知ったのは、彼があのアパートで亡くなる、数ヵ月前のことです」

長いこと姿を見せなかった辻が、ある日突然、ここへやってきたという。

「ずいぶん痩せて、顔色も悪くて……影が薄くなったように思えました。そんな彼から私は、医師から余命一年という宣告を受けたということを告げられたのです」

「余命、一年……」聖蓮が呆然と呟く。

「それだけでも私には衝撃的でしたが、続けて彼は言いました。夫の事件の証拠の品を自分に渡してもらえないかと」

被害者を写した写真と、戦利品として奪った片方のみの靴。凪子はそれらをゴミという形で処分することにためらいを覚え、裏庭の一角に『埋葬』していたのだという。

「渡してもらえないかって……もしかして、それは……」

梶原の言葉には応えず、凪子は話を続けた。

「辻さんは本当に私たちのことを想ってくれていました。私は彼のもとへ行くことを密かに考えていましたが、辻さんの方は、私がどうしても聖蓮を愛せないというなら、自分が引き取って育てようと、そんなふうに考えてくれていたんです。『凪子さんの子なら、僕は愛せるから』と言って。

聖蓮。あなたは覚えていないでしょうけど、辻さんはあなたをとても可愛がっていた。ここへ来るといつも、可愛くて可愛くて仕方がないというふうにあなたに接していた」

聖蓮は無言で、きゅっと両の手を握りしめた。

「でも、余命一年という宣告を受けて……それが叶わないと知った彼は、考えたそうです。そんな自分でも私たちのためにできること、遺せることを。どうせ死ぬのなら、意味のある形で死にたい。そんなふうに思ったと彼は言いました」

「それが……凪子さんの旦那《だんな》さんの罪を被《かぶ》ることだったんですか……?」

信じられない思いで尋ねた佐貴に、「ええ」と凪子は頷いた。

「夫が死んで新たな被害者も出なくなり、あの事件はニュースでも報じられなくなっていましたけど、捜査が打ち切られたわけではありません。私は不安でした。明日にでも警察は、真相を突き止めてうちに来るのではないかと。辻さんは、そんな私の思いを察して……同時に、私が考えようとしてこなかった被害者の遺族のことも考えたのです。

犯人が不明なままでは、事件はいつまで経っても終わらない。私だけでなく、遺族の人たちのためにも、犯人は明らかにする必要がある。けれど、真実を明かすわけにはいかないから……それなら、自分が罪を引き受けようと彼は考えたのです。遺族の人たちを騙《だま》す形になるのは申し訳ないけれど、残された時間の中で自分にできるのはこんなことしかないからって。だから辻さんは、うちに証拠の品を取りにきたんです。彼は殺人犯として死ぬつもりでした。彼の部屋からは文書が見つかったといいますが、それは本来なら証拠の品と共に、遺書として遺されるはずのものだったと思います」

「遺書？　自殺しようとしてたってことですか？　自首するんじゃなく？」と佐貴。

「彼は自分の性格をよくわかっていました。自首をしたところで、警察に問い詰められれば絶対にボロが出てしまうと。そうなったら、余計に色々な人を傷つけることになる。どうせやるなら、中途半端なことはしたくないって」

ものすごい覚悟だ。一年という命の期限を切られると、人はそこまで吹っ切れてしまうものなのか。佐貴にはわからない。そんな気持ちは、わかりたいとも思わないけれど。

「私は彼に、証拠の品を渡しました」

「美奈世さんに、そうしろって言われたんですか？」

「いいえ。義母はその時点ではまだ、私たちのそんなやりとりは知りませんでした」

「じゃあ、どうして……」

「どうして拒絶できますか？　自分の命の終わりを見据えて、恐怖や不安と闘いながら彼が悩んだすえに出した結論を。私たちのために死なせてくれと、目の前で土下座までされて。それが自分の望む死に方だからどうか叶えて欲しいと懇願されて……どうして嫌だ、などと言えますか」

　こちらに向けられた凪子の瞳は、濡れて光っていた。

「それでも……後悔しました。後悔し続けました。ずっと、ずっと……。私が事情を打ち明けなければ、彼はあんな死に方はしなかった。そもそも病気にだってならなかったかもしれない。そんなことさえ本気で思いました」

「でも」と沖名が遠慮がちに疑問を挟む。「実際には辻さんは、自殺ではなく病死してしまったわけですよね？」

「彼は……証拠の品を受け取ったら、間をあけずに実行に移すつもりでいたそうです。だけど、それを取りにうちへ来たあの日に、聖蓮と約束をしてしまったんです」

「約束？」

　聖蓮が小首を傾げる。当時まだ三、四歳だった彼女が覚えていないとしても無理はない。

「誕生日に人形をあげるという約束です。無邪気にねだられたら、断れなかったって」

「人形……」

佐貴は紙袋が置かれているベンチを見た。いつの間にか、そこにはアーネストの姿があった。こちらに背を向ける格好で立っている。

その背から、佐貴はかすかな違和感を感じ取った。

「――そう。僕は聖蓮に、人形を買ってあげると約束したんだ」

アーネストがゆっくりと振り返った。腕には、あの人形が抱かれていた。夜の闇の中でも鮮やかな緑色をしているとわかる彼の瞳は、この上なく穏やかな優しさに満ちていた。

違う。佐貴は思った。姿そのものに変化はないにもかかわらず、今やはっきりと感じられる、決定的で強烈な違和感。

そこにいるのは、アーネストではなかった。抱いた人形を通して、辻が彼の身体に降りている――

佐貴にはすぐにそうとわかったが、それがわからない他の皆にも、アーネストの身に何らかの異変が起きていることは感じられているようだった。彼らの顔には一様に、大きな戸惑いと、恐怖にも似た色が浮かんでいる。

アーネスト――いや『辻』は、一歩一歩確かめるような足取りで聖蓮に近づいて行った。

「君の誕生日まで、僕は生きているつもりだったんだ。だけど僕に残された時間は、僕が思っていた以上に短かった」

凪子の小さな呻き声が聞こえた。彼女は察したのだろう。今、聖蓮と相対しているのが誰であるかを。

「……つじ、さん？」

幼い子どもに戻ったような、妙に拙《つたな》い口調で聖蓮は問う。

両の瞳にこれ以上ない愛情を満たすことで、『辻』は聖蓮に応えた。

「あの時……わたし、行かなきゃって思ったの。頭の中に、どこかの部屋の風景が浮かんで。どうしても、そこへ行かなきゃって思った」

あの時というのは、事件当日——堀内が池に沈んだ後のことを言っているのだろう。

深い理解を込めて、『辻』は頷いた。

「僕はずっと、この池の夢を見ていた。君たちを想いながら、ずっと。その夢を通じて、君の絶望が見えたから……自らもこの池に沈んでしまおうとする君の姿が見えたから……だから、君を呼んだんだ。君の心を守りたかった。でもそれは、かえって君を苦しめることになってしまったね。僕は昔から、いつも要領が悪いんだ。だから凪子さんのことも、余計に苦しめてしまった」

すみません、と『辻』は凪子に向かって頭を下げる。けれども凪子は押し寄せる激しい感情の波に翻弄《ほんろう》され、言葉を発することはおろか、彼に反応することさえできないようだった。『辻』はそんな彼女に微笑みかけてから、聖蓮に目を戻した。

「大きくなったね、聖蓮。今の君はもう、人形なんて欲しくないかな」

ううん、と聖蓮は首を振り、「思い出した、わたし……。小さい頃に、うちに来てくれた優しいおじさんのこと。わたしはそのおじさんが大好きだったのに。おじさんは、どこか遠くへ行っちゃう気がしたの。だからわたし、我がままを言った。人形が欲しいって。誕生日に持って来てって。そうすれば、また会えると思ったから。おじさんは困った顔をして……でも、持って来てくれるって約束したの」

「ごめんよ。約束、守れなくて」

ううん、と聖蓮はまた、子どものように首を振る。

「守ってくれたでしょう。今、こうやって」

『辻』は、悲しみや愛情や切なさといったものを複雑に織りまぜた笑みと共に、抱いていた人形を聖蓮に差し出した。

「誕生日おめでとう、聖蓮」

「ありがとう」聖蓮は人形を受け取り、ぎゅっと胸に抱きしめた。

「聖蓮」と『辻』は彼女の名を呼ぶ。その響きをいとおしむように、繰り返す。

「聖蓮――その名前はね、僕が考えたんだ」

「おじさんが……?」

「君のお父さんは、とてもひどいことをしてしまった。そして、そのお父さんと同じ痣が君の身体にはある。どちらも事実だ。だけどね、それは決して呪いなんかじゃない。子どもは皆、祝福なんだ。蓮の花は、泥の中であっても美しい花を咲かせる。どんなに罪にまみれようと、厳しくつらい環境であろうと——いや、だからこそ、その中に生まれた君は聖なる花、闇の中に生まれた希望の光なんだ。そのことを、君に教えたくて」

ああ……そうなのか。佐貴は理解した。記憶を失った聖蓮が、それでも自分の名前だけはしっかりと覚えていた意味を。

「ありがとう」

聖蓮が『辻』に抱きついた。続いた言葉は限りなく囁《ささや》きに近いものだったが、不思議とはっきり佐貴の耳にも届いた。

「素敵な名前をありがとう。わたしの……もう一人のおとうさん」

温かな腕で、『辻』はしっかりと聖蓮の身体を抱きしめた。

6

聖蓮から身を離すと、『辻』は皆に向かって頭を下げ、凪子と大槻に向かっては礼と謝罪の言葉を添えて、改めて深々と頭を下げた。

そうして、『辻』は去った。

力が抜けて倒れそうになったアーネストの身体を、佐貴は慌てて支える。その顔はもとの硬質さを取り戻していて、緑とグレーの入り混じる静かに凪《な》いだ瞳は、彼以外の誰のものでもなかった。

「すごいな」沖名が呆然と呟く。「今のって、本物の降霊だよね」

今、目の前で起こっていたこと。目の当たりにした現象に、皆の理解はなかなか追いつかないようだ。それぞれが気が抜けたようにぼんやりと立ち尽くしている。

「約束……守れてよかったな」

人形を抱きしめる聖蓮を見つめ、佐貴はしみじみと呟く。約束を守れずに死んでしまったこと、辻はとても無念だったに違いないから。

「だけど、辻さんて人もちょっと抜けてるよなあ」

同様に聖蓮を見つめながら、沖名が言った。「三、四歳の子どもに、あんな人形をあげようとしてたわけだろ」

子どもの玩具《おもちゃ》にしては高価な上、壊れやすくもある繊細な人形は、確かに幼い子どもにふさわしいものではない。

そんなことはしかし、辻もわかっていたはずだ。それでも、自分の命が長くないことを知っていた彼は、少しでも長く大切にしてもらえるものをと考えたに違いない。繊細であればそのぶん、より大事に扱ってもらえるはずだから。脆く儚いものを大切にするということを、聖蓮に教えたい気持ちもあったのかもしれない。

辻は残したかったのだろう。できるだけ長く、たくさん。自分の愛情を。自分が聖蓮たちを愛していたという証を。

愛するものに先立たれるのはつらい。でも、愛するものを残して先立つ方もまた、とてもつらいはずだ。先立たねばならないことを知った時、人は考えるだろう。愛するものに自分がしてやれること。残してやれるもの。自分が生きた証、自分が愛した証を、できるだけ強く、長く、たくさんこの世に置いていきたいと。

「聖蓮……」

凪子がそっと娘に声をかけた。彼女とよく似た瞳に、多くの光を浮かべて。

「辻さんが亡くなった後……本当なら私が、あなたを守らなきゃいけなかったのに。私にはそれができなかった。あなたに対するお義母さんのやり方が間違っていると知りながら、反対することはしなかった。あなたに流れている血を恐れていたのは、お義母さん以上に私だったから。今更、許して欲しいとは言えないけれど……私は——」

凪子の言葉を、「ううん」と聖蓮は遮った。

「もういいの。わかったから。お母さんが今まで、どんな思いを抱えて生きてきたのか。辻さんが、どれだけお母さんやわたしのことを大切に思ってくれていたのか。だったら、遺されたわたしたちは大切にしなきゃいけないよね。辻さんのぶんまで、辻さんが大切にしたものを。それが、辻さんの存在を大切にするということでしょう？」

聖蓮は腕の中の人形をいとおしむように撫でた。そうだよね、と辻に確認するように。

「お義母さんも……あなたのことを、本当はとても大切に思っていたのよ」

そっと手を伸ばし、同様に人形の頭を撫でながら、凪子が言った。

「亡くなる前に話してくれたわ。自分は今まで、大切なものをたくさん人魚に奪われてきたって。だからあなたのことは絶対に手放したくなかったし、守りたいと思ったって。それが行きすぎて、あんな形になってしまったわけだけど……。でもね、最期にお義母さんは私に言ったの。逃げなさいって。あなたを連れて、ここから逃げなさいって」

凪子が梶原の申し出を受けようと決意したのは、美奈世のそんな言葉もあったからだったのだろう。

「だから……」

言葉を詰まらせた凪子の手の上に、聖蓮がそっと自分の手を重ねた。わかってると言いたげに頷き、彼女はまっすぐな瞳で母親を見る。

「きっと、やり直せると思う。簡単じゃないかもしれないけど……それでも、きっと」

「聖蓮さんの言う通りですよ」

言って、アーネストは聖蓮の肩に手を置いた。

「彼女は祝福。闇の中に生まれた希望の光。辻さんのその言葉の正しさを証明しましょう」

さあ聖蓮、とアーネストは、優しくも強い意志を込めた瞳を彼女に向けた。

「歌って下さい。あなたがこの場所で歌っていた歌を。今のあなたなら、より強い力を持つ歌を歌えるはず。この池に溜まったスピリットを払拭《ふっしょく》し、人魚の呪縛《じゅばく》からこの場所を解き放つことができるはずです」

「わたしが……?」

「僕のヴァイオリンが失われた今、あなたの力が必要です。それに、この役目はやはり、あなたがやるべきものでしょう。あなた自身が、この地から解放されるためにも」

しばしの逡巡《しゅんじゅん》の後、意を決したように聖蓮は「わかりました」と頷いた。

抱いていた人形を凪子に預けると、聖蓮は池のほとりに立ち、大きく息を吸い込んだ。

開かれた唇から、透き通るように澄んだ声が流れ出る。

最初は細く、次第にはっきりと芯を帯びていく歌声は、もの悲しさも誘う旋律をもってたちまち夜の森に浸透していく。

歌詞はないので、正確に言えばそれは歌ではなくて曲だった。アーネストがヴァイオリンで浄化の旋律を奏でるように、聖蓮は自らの声を楽器として同種の旋律を奏でる。

佐貴は風を感じた。すべてを包んで洗い流す、清らかな水の流れにも似た風を。

アーネストが言った通り、彼女の歌はアパートの部屋で聞いた時よりも力を増していた。スピリットを感知できない佐貴にさえ、はっきりとわかる。

幻のように儚かったそれは今、くっきりとした輪郭《りんかく》を持ち、凛《りん》とした力強さを湛えてそこに在《あ》る。暗闇の中で光り輝く、大輪の花のように。

この時間が永遠に続けばいい。そんな心地よさに包まれていた佐貴たちだったが——きゃっという短い悲鳴と共に、唐突に歌声が途切れた。

何が起こったのかはわからない。ただ、聖蓮の身体が池に向かって大きく傾くのを佐貴は見た。

「聖蓮ちゃん！」

落ちる——けれど、手を伸ばしたところで届かない。駆け出しても間に合わない。

素早い動きを見せたのはアーネストだった。自らの身体を投げ出すようにして、彼は聖蓮の身体を逆方向に突き飛ばした。

聖蓮は地面に倒れたが、反動を受けたアーネストの身体は池に落下した。

水音は、思ったよりも小さかった。吸い込まれるようにしてアーネストの身体は、たちまち池の中へと沈んでいく。

「アーティ！」

佐貴は慌てて池を覗いたが、なぜかアーネストは浮かんでこない。もがく気配も感じられない。

波紋だけを広げ、池は早くも不自然なまでの静寂を取り戻そうとしていた。彼を呑み込んだことなど、嘘のように。

考える余裕などなかった。ためらいなく、佐貴は池へ飛び込んだ。

7

水は驚くほど冷たかった。加えてどこかねっとりした感触があり、身に着けた衣服と共に不快に身体にまとわりついてくる。

視界は悪く、目に映るのは濁《にご》った緑色ばかりだ。

それでもかろうじて、水底へ向かって沈んでいくアーネストの姿が見てとれた。既に意識を失ってしまっているのか、彼はぐったりと水の動きに身をまかせている。

佐貴は必死に水を掻き、彼を追いかけた。

意外に深いと聞いてはいたが、それにしても異常な深さだった。感覚がおかしくなっているのだろうか。底がまったく見えない。そしてなぜ、アーネストの身体はあんなにどんどんと沈んで行くのだろう。まるで、何かに引きずり下ろされているように。

懸命に手を伸ばし、佐貴はようやくアーネストの腕を掴んだ。やはり意識を失っているらしい。アーネストは青白い顔で目を閉じている。

肩を組むようにして彼の身体を支え、いざ水面を目指そうとした時――

アーネストの足元に強い抵抗を感じた。何だろうと見下ろし、佐貴はぎょっとする。

彼の右足に、奇妙な白いものが絡みついていた。

濁った緑色の視界の中で、その白はやけに鮮明に浮かび上がって見えた。

何だ……あれは。水草？　それとも蛇？　でも、あんな色の水草があるだろうか。蛇があんなふうに、人の足に絡みついた状態でぐいぐいと引っ張るだろうか。

しかし、正体を確かめる余裕はなかった。佐貴の息も限界に近づいている。

離れろ！　祈るような気持ちと共に気合を入れてアーネストの身体を引っ張ると、思ったよりもあっけなく白いものは彼の足から離れた。

ふわりと少し漂った後、それは緑の色彩の中に溶けるようにして消えてしまった。

何だったのだろう、あれは……。

でも、考えるより今は——佐貴はアーネストの身体をしっかりと抱える。

絶対に引きあげると約束したのだ。

見上げた水面に揺らめく月が、細い光をこちらに伸ばしている。

冥い闇を蹴《け》り、佐貴は一心にその光を目指した。

幕間　光の差すところ

ドアを開けても、もうその臭いはしなかった。

このところ、毎日窓を開けて換気をしているので、埃っぽい臭いやこもった臭いもしない。

古さだけはどうにもならないが、できる限り清潔さは保っている。彼が最後まで気持ちよく住んでいられるように。

奥の四畳半は、窓から差し込む陽の光に満ちていた。半分ほど窓を開けて風を入れながら、この部屋はこんなに明るかったかと大槻は首を傾げる。

座敷の真ん中には、花が活《い》けられた花瓶がひとつ置かれていた。赤に白に黄色にピンク。色とりどりの花が花瓶から溢れんばかりに咲いている。このボロアパートの部屋にはまったくそぐわない華やかさだ。

「似合わないものをもらっちゃって」と少し困ったふうに、けれどこの上なく嬉しそうに笑う辻の姿が一瞬、大槻の脳裏に浮かんで消えた。

この花は昨日、凪子と梶原と共にやってきた聖蓮が持ってきたものだ。あまりに豪華でボリュームのある花束だったので、大槻はこの花を活けるため、戸棚の奥から一度も使ったことのないもらいものの花瓶を引っ張り出してこなければならなかった。

「よかったな。お前さんの人形、あの子に気に入ってもらえたみたいじゃないか」

やってきた聖蓮の腕には、あの人形が大切そうに抱えられていた。

「それに、幸せそうに笑ってた」

大槻はあぐらをかくと、持参した紙袋から酒の瓶と湯呑みをふたつ、取り出して畳の上に置いた。

ふたつの湯呑みに酒を注ぎ、ひとつを手元に、もうひとつを自分の向かい側に置く。

「それにしてもお前さんは、とんでもないお人好しというか……わしに言わせれば、大馬鹿者だな」

畳に落とすように、大槻は呟く。

「自分は孤児だから、殺人犯として死んでも迷惑をかける人間はいないと思ったんだろうが、わしらは大迷惑だったぞ」

言って、ぐいと大槻は湯呑みの酒を一気にあおり、新たに注《つ》ぎ足《た》した。

「まったくひどい話だ。まさか、あんなことを考えてここに引っ越してきたとはな。このボロアパートなら自分が死んだところで大した害はないと考えたのか？　ふん。ずいぶんと見くびられたもんだ」

だが、と大槻は、口元に力ない笑みを浮かべる。

「こんなお節介な大家のオヤジがいるとは思わんかっただろ。自分があんな形で死んで、こんなに嘆かれるとは思っとらんかっただろ。まったく。だから大馬鹿者だと言うんだ」

大槻は再び湯呑みに口をつけ、

「しかし、まあ……お前さんらしいがな」

窓の外に目をやった。建物の向かいに立つ樹木の葉が、風にさわさわと揺れている。

昨夜見た夢を大槻は思い出す。

あの池の夢だった。

けれど、以前にこの部屋で見たもののような陰気さはどこにもなかった。新緑に囲まれてきらきらと輝く水面には、美しいピンク色の蓮の花が咲いていた。

見ているとぽっと灯《あか》りをともされたように胸が温かくなる。そんな、池の夢だった。

大槻は顔を戻し、置かれた手つかずの湯呑みを見つめる。

目を閉じると、そこに座る辻の姿が浮かんだ。十四年前と変わらない姿をして――けれども顔色は健康的になった辻が、困ったように頭を掻いていた。

「すみません、オヤジさん。僕、下戸《げこ》なんですよ」

そういえばうちに招いた時も、あいつはすすめた酒には舐《な》める程度にしか口をつけず、茶ばかり飲んでいたっけ。

「そういうことは早く言え」

辻のぶんの湯呑みを奪い、大槻は中身を飲み干した。

来週にはここの取り壊しが始まる。そうしたら辻は、心置きなく天国へと旅立っていくのだろうか。それとも――もう行ってしまったか。

差し込む光が目と胸に沁みた。瞳の奥が熱く、鼻がツンとする。ここ何年も忘れていた感触だ。顔が情けなく歪んでいるのがわかる。妻には絶対に見せられない顔だ。

「なあ、辻よ」

込み上げるものをこらえて、大槻は言った。

「ここがなくなっても、また時々わしらの夢に遊びにきてくれよ」

応えるように優しい風が、そっと大槻の頬を撫でた。

終章　人魚と悪魔

1

「もう九時半か」

時計を見て、連城が呟きと共に煙を吐き出した。

閉店後の《リーベル》のカウンターでは、例によって佐貴と秋重が仕事終わりの一杯を楽しんでいたが、この夜は珍しく連城も缶ビールを傾けていた。いつもは車だからと断る彼だが、今日はそのつもりであえて車は置いてきたらしい。

「アーネスト君はまだ来ないのか？」

「もうすぐ来ますよ」

「マスターの『アーティ予想』はよく当たるんですよ」にこやかに秋重が言葉を添える。

「秋重の沖名予想ほどじゃないけどな」

「沖名予想って何？」

不思議そうに問うてくる沖名。彼もまた、このささやかな飲み会に参加していた。

そこで、タイミングよくドアベルが音を立てた。

「おおっ」秋重が声を上げ、「すごいな、アーティ予想」と沖名も感心した様子だ。

実を言えば予想でも何でもなく、最初から「九時半頃に行く」と言われていただけなのだが、それは言わぬが花というものだろう。

店内に入ってきたアーネストは、おなじみのクラシカルなスリーピース姿ではなく、黒いシャツと黒っぽい色合いのスラックスというシンプルな装いだった。いつもは綺麗に撫でつけられている前髪も、そのまま額に下ろされている。

あのスリーピースは言うなれば霊媒師としての彼の正装で、日頃はこのように至って普通の格好をしている。といってももともとがもとなので、普通の格好をしたところでやはり、どうしても周りからは浮き立ってしまうのだが。

「よう、お帰り」

佐貴が声をかけると、それに続いて他の三人もそれぞれ挨拶の言葉を彼に投げかけた。

「こんばんは」というひと言と、薄い微笑みでもってアーネストは四人に応え、空いているカウンターの椅子に腰を下ろす。

「それで、どうだった？」

彼のために用意していたワインをグラスに注ぎながら、佐貴は問うた。

汐見家の一件から、既に八日が経っていた。

アーネストはヴァイオリンの修理を頼むために一時的に帰国していて、こちらに戻ってきたのは今日の昼だった。報告もかねて今夜、店に顔を出すと彼が言ったので、佐貴たちはこうして集まって待っていたというわけである。

アーネストは無言で、提げていた黒いケースをカウンターの上に置いた。

「……？」

置かれたヴァイオリンケースを、佐貴たちは戸惑いの目で眺める。まさか、もう修理が終わったというわけではないだろう。いくら何でも早すぎる。

「あのヴァイオリンは、直さないことになった」

えっと四人の声がそろった。

「直さないって……」

「あれはもう役目を終えたものだから、直すことはせずにそのまま眠らせてやろうということになったんだ」

「じゃあ……」

アーネストの手がヴァイオリンケースを開いた。

中には美しい木目を浮かせた真新しいヴァイオリンが一挺《ちょう》、静かに納まっていた。

「新しいものを調達してきたってわけか」

「これも、霊木で作ってあるのかい？」沖名が訊く。

「いいえ。これは普通の木で作られた、ごく普通のヴァイオリンです。といっても、一流の腕を持つ職人が精魂を込めて作ったものですから。そういう意味では充分に素晴らしいものですし、以前のヴァイオリンよりも価値があると言えますね」

「普通の木で作られたヴァイオリンで、君の仕事に支障はないのか？」

連城が尋ねた。やはり、誰もが気になるのはその点だ。

するとアーネストは苦笑して、「叱《しか》られてしまいました」と言った。

「叱られた？」

「ヴァイオリンの力に頼るなと。道具の力に頼っているようではいつまで経っても一人前にはなれない。そんなものがなくても、僕には仕事をやり遂げる力があるはずだ、と」

「ほら見ろ。俺の言った通りじゃないか」

佐貴は笑った。ヴァイオリンの職人だってわかっているのだ。わかっていないのはアーネストだけだ。彼には酷だったが、そのことを自覚するためにも、今回のことはアーネストにとっては必要だったのかもしれない。

「汐見凪子からの弁償の申し出は、寛大にも断ったそうだね」

短くなった煙草を灰皿に押しつけ、連城が言った。

あの一件の後、凪子はヴァイオリンを壊したことを認め、アーネストに謝罪した。「弁償します」と彼女は言ったのだが、その必要はないとアーネストは断ったのだ。

「まあ、相手が女性だったら、アーネスト君としてはそうするしかないか」

「そういうわけではないのですが……」

苦笑まじりにアーネストが微妙な答えを返したところで、ヴァイオリンの話題は終わった。

「そういや、あの後すぐにアーティは国に帰ったから、聖蓮ちゃんたちがどうなったのか知らないよな」

堀内哲郎の事件については、事件の瞬間を克明に記録していたICレコーダーが有力な証拠となり、また、記憶を取り戻した聖蓮の証言もあって、事故という形で処理された。

凪子も警察に行き、夫の殺害や、《靴蒐集家》事件の真相について話したようだが、どちらも大して問題にはされず、送検されることもないだろうというのが連城の弁だった。

何しろ十年以上も前のことで、今となっては証拠がない。そうでなくとも面倒事を嫌うのはどこの組織も同じだ。既に解決と見なされた事件を掘り返して、「実は真相は違っていました」などとやりたがる人間がいないだろうことは、警察の人間でなくてもわかる。

凪子は近々社長の座を退き、できることなら遺族に対して責任を果たしたいと考えているようだが。

佐貴が願うのはただひとつ。これまで硬いつぼみでいることを強いられてきたぶん、聖蓮には思いっきり花開いて欲しい。きっと彼女なら、とびきり美しい花を咲かせられるはずだから。

「この間、聖蓮ちゃんから電話をもらったんだ。聖蓮ちゃんは今、梶原さんの故郷の島にいるんだってさ。梶原さんや凪子さんは仕事の引き継ぎがあるから、まだこっちにいるらしいけど。梶原さんの家族が大歓迎して、彼女の面倒を見てくれてるらしい。毎朝ゴードンと一緒に海岸を散歩してるんだって。海がすごく綺麗だって、嬉しそうに話してた」

受話器越しに聞いた弾むように明るい聖蓮の声を思い出し、佐貴の口元には自然と笑みが浮かぶ。それを聞いたアーネストも同様に笑みを滲ませ、「そうか」と静かに頷いた。

「諦めることはないぞ、アーネスト君」

連城がアーネストの肩を叩いた。彼の顔に浮かんでいるのは、どこかひと癖ありそうな笑みだ。「会おうと思えばいつでも会いに行ける。まだ充分に望みはあるよ」

「何のことをおっしゃっているのか、よくわかりませんが」

「彼女に惚れていたんだろう？　君はこの手のことは不器用そうだからな。何なら俺がひと肌脱いでやろうか？」

「結構です。人にお節介を焼く前に、ご自分の相手を探したらいかがですか」

「手厳しいね」

肩をすくめ、新たな煙草に火をつけた連城は「ああ、そうそう」と思い出したようにころりと話題を変えた。

「君たちが死にかけた、あの池のことだがね」

「死にかけたというほどではないですけど」ちょっと危なかったのは事実だが。

あの時――聖蓮は突然、右足から力が抜けるのを感じて、身体のバランスを崩したのだという。

佐貴たちが池から上がると、彼女は服が濡れるのも構わずにアーネストに抱きついて、ぽろぽろと涙をこぼしながら謝罪した。

そんなハプニングはあったものの、聖蓮による池の除霊は見事成功したようだ。アーネストいわく、それは限りなく浄霊に近いものであったらしい。

といっても、それだけでは完璧な解決とは言えない。屋敷を去り際にアーネストは、なるべく早く池を埋めるよう凪子たちに忠告することを忘れなかった。

その忠告に従って先日、池が埋められたと連城は告げた。

「ところがそこで、ちょっとした事件が起こったらしい」

「事件?」除霊は成功したのに。まだ何かあるというのだろうか。

「池のコンクリートを壊したところ、その下から白骨死体が出てきたそうだよ」

「白骨死体……?」

佐貴と沖名と秋重の表情が同時に凍りつく。室内の温度が数度、下がったように感じられた。そんな中、アーネスト一人はまったくの無反応で、眉を動かすことさえしなかった。

「性別は女性で、年齢は二十代から三十代。わりと古い骨で、埋められて四十年以上が経過しているんじゃないかということだ」

佐貴はあの池の中で見た、白いもののことを思い出した。

アーネストの足に絡んで、水底に引きずり下ろそうとしていた、あの白いもの。

水草でも、蛇でもなさそうだった、あれはまさか……。

いやいや、と佐貴は即座に否定する。あるわけがない。白骨死体の主の手だったなんて。そんなこと、あるはずがない。大体、アーネストは日頃から言っているではないか。スピリットは人の肉体に直接働きかけることはできない、と。

でも……たまに、彼はこんなことも言うのだ。

何にでも、例外というものはあるけれどね――

「その死体、死因は不明ということなんだが……」

佐貴の恐怖をよそに、連城の説明は続いていた。「下半身が少々変わった形をしていたらしくてね」

「変わった形?」佐貴はつい尋ねてしまう。あまり聞きたくはないのに。

「右足が、左足にぴったりとくっついていたそうだ。一種の奇形だったのかもしれないな」

「ねえ、それってさ……」

これまで黙って話を聞いていた秋重が、妙に低く慎重な声を発して佐貴をびくりとさせる。「見ようによっては、人魚みたいに見えるんじゃないかな」

「人魚……」

「あと俺、これまでの話を聞いてずっと気になってたんだけど。今回の一件って、足にまつわる何かが起こることが妙に多くなかった？」

言われてみれば……。

「汐見美奈世の言う通り、すべては本当に人魚の呪いだったのかもしれないね」

沖名が朗《ほが》らかに不気味なことを言う。

「アーネスト君はどう思う？」連城が尋ねた。

「連城さんはいかがですか？」

そうだな、と連城はちょっと考えてから、

「俺だったら、その人魚にこんな名前をつけるかな」

ミコト——と。

「ミコトって……」

佐貴の背筋にぞくぞくっと冷たいものが走る。

「確か、元々は美奈世さんのお姉さんの名前だったって言ってたよね」と沖名。

「だけどその人は、生後間もなく死んでしまったはずでしょう。見つかった白骨死体は、二十代から三十代の女の人のものだって言ったじゃないですか」

それはあり得ない、と思うことで、佐貴は背筋の悪寒を何とか鎮める。

「人とは異なる容姿で生まれた子どもをさ、表向きには死産だったことにして、実際には地下室とか離れとかでひっそりと育てるって、一昔前の小説であったりしない？」

粟立《あわだ》つ皮膚を懸命に宥《なだ》めようとしているのに、秋重がいらぬことを言う。

「そういう人が、その環境から抜け出せないまま死んだ上に、きちんとした埋葬もしてもらえなかったとしたら……色んな恨みを抱えて、怨霊《おんりょう》になったりしそうじゃない」

「やめろよ」耐えかねて佐貴は両腕をさすった。その横で沖名は「なるほどねえ」などと頷いている。

「いずれにしても、すべては終わったことです」

静かな声でアーネストが言った。「四十年以上の時を経て、人魚はあるべきところへ還《かえ》ったのですから」

「そうだよ。還れたんだから、わざわざ怖いことを考える必要はないよな」

「佐貴君は案外、怖がりなんだな」

チェシャ猫のような笑みを浮かべる連城に、佐貴はむっと言い返した。

「ハッピーエンドが好きなだけですよ」

「でも、今回は本当に色々と貴重な体験をさせてもらったなあ」しみじみと沖名が呟く。

「書くのかい？」

ふうっと連城は煙を吐き、「《霊媒探偵の事件簿》だっけ？　俺のネーミングを採用してもらえて光栄だよ」

「ちょっと沖名さん、本気じゃないですよね？」

佐貴は焦った。「噂を広げるような真似はやめて下さいよ」

「大丈夫大丈夫。設定は変えるからさ。まず、英国出身の霊媒探偵は美青年じゃなくて美女にするし」

「美女？」

「こういうのはやっぱり、男女のコンビの方がいいだろう？　恋愛要素は必須《ひっす》だよ。相棒の喫茶店のマスターは霊媒探偵に惚れてるんだけど、顔見知りの不良刑事もまた、彼女のことを狙ってるんだ」

「不良刑事というのは俺のことか？」と連城。

「そして喫茶店に棲みついてる幽霊の店員も、幽霊ならではのアプローチで――」

「ええっ。俺、幽霊？」

秋重が自分の顔を指差す。幽霊ならではのアプローチって何だろう。佐貴はむしろ、そっちの方が気になった。

「だけどある日、喫茶店に超イケメンでミステリアスな作家が現れて、霊媒探偵は一瞬にして彼の虜《とりこ》になってしまうんだ」

「全然大丈夫じゃないですよ、それ！」

ついに佐貴は突っ込んだ。別の意味でだめだろう。というか、どういうジャンルで書くつもりなのだろうか。突っ込みどころが多すぎる。「超イケメンでミステリアスな作家」なんて、図々しいにもほどがあるし。

ところが、意外にもアーネストは、

「大丈夫ですよ」

「え？」

「万が一そのようなものが世に出た場合には、一族をあげて全力で潰《つぶ》しにかかりますから」

もちろん作者ごと、とつけ加えて彼は、世にも可憐《かれん》な笑みを浮かべてみせた。

2

同じ日の深夜。

彼は、ここ数ヵ月の間にすっかりなじみとなったバーの扉を開けた。

無口な店主はカウンターで黙々と酒をつくり、流れるジャズが彼を迎える。近づいてこようとした店員を手で制し、彼は一番奥のボックス席を目指した。

行き着いた席には目的の男の姿があったが、その隣にはもう一人、女が座っていた。

「イズミ?」驚き、彼は女の名を呼ぶ。

「久しぶり」

イズミはひらひらと指先を振って応えた。茶色く染めたベリーショートの頭に、ライダースジャケットを着こなした姿は一見、女らしさというものとは無縁だが、こちらを見上げる猫のような瞳は、多分に妖《あや》しげな色気を含んでいる。

まさか、彼女までいるとは思わなかった。確かに彼はイズミを介してこの目的の男と知り合ったわけだし、連絡を取る際も毎回イズミを通している。しかし、彼女がこうして同席することはこれまで一度もなかった。

「どうぞ、お座り下さい」

立ったままの彼に、男が向かい側の席をすすめる。

彫りの深い端正な顔立ちをした男だった。イズミいわく三十を過ぎているようだが、見た目にはそうは見えない。といって、若者という言葉が持つ明るさはこの男とは無縁だった。外見こそ若々しいが、中身は何百年も生きた人ならざる者なのではないか——そんなふうに思う何かがこの男にはある。

こだわりがあるのか、彼と会う時にはこの男は、いつも決まって赤い上着を身にまとっていた。それがまた、嫌味なくらいによく似合っているのだ。

三神京司というこの依頼人のことを、彼は名前以外何も知らない。日本人ではあるらしいが、どこに住んで何をしているのか。間にいつもイズミを挟んでいるので、連絡先さえ彼は知らないのだった。

『レンタル役者』――彼は、自らをそう称している。

依頼人が求める人物になりきり、求める場所へ出向いて、求められることをする。それが仕事だ。

演じる役柄は依頼内容によって様々だが、比較的多いのは恋人や婚約者だった。友人や両親に会って欲しいというだけのこともあれば、しつこく言い寄ってくる相手を追い払って欲しいと頼まれることもある。ストーカーを撃退したこともあったし、不倫がバレて夫の許しを請《こ》うため、本物の不倫相手の代わりに殴られたこともあった。ささやかなところでは友達として買い物に付き合ったり、一日中ゲームの相手をしたり。孫となって老人の話し相手をしたり――需要は意外に多い。

彼は元々、故郷の北海道で劇団員をしていた。演じるということが何より好きだったのだが、つくりものの世界で演じることに物足りなさを覚えるようになり、劇団をやめた後に東京に来て始めたのがこの商売だ。

現実の世界を舞台に架空の人物を演じ、生身の人間の生活に関わるというのは、実に刺激的で楽しい。天職だと彼は思っている。

そんな彼のもとに、かつての劇団仲間だったイズミから数年ぶりに連絡があり、依頼人として紹介されたのが、この三神という男だった。

何だかヤバそうな男だと、初対面でまず思った。物腰が丁寧で、基本的に笑顔を絶やさないのだが、話しているとひどく不気味な感じがするのだ。人として大切な何かが決定的に欠けているような。

イズミは決して鈍い女ではなく、むしろかなり鋭い方だったが、なぜかこの男にどっぷりとはまり込んでいるらしい。けれど、それも不思議ではないのかもしれない。女を惹きつける何かを、この男が強く発していることは確かだった。そうして惹き寄せた女を大切にする人間でないこともまた、確かだろうが。

もっとも、それをイズミに忠告してやるほど彼は親切ではないし、忠告したところで聞くような女でもない。彼女としてもそんなことは百も承知でこの男にくっついているのだろう。

「何を飲みますか？」

にこやかに尋ねてきた三神の前には、水割りが入ったグラスが置かれていた。イズミの前にあるのは、薄紫色をしたカクテルだ。

背後のボックス席に新たな客を案内し、持ち場に戻ろうとしていた店員を呼び止め、彼は紅茶を注文した。

「紅茶？」イズミが怪訝な顔をする。

「今夜はもう、酒を飲んできたからな」それに、上質のブランデーをたらしてくれるここの紅茶は、わりとうまいのだ。

「それより、ほら」と彼は、持っていた藍色の紙袋をイズミに渡した。

「土産。三神さんに預けようと思ってたけど、お前が来たなら丁度よかった」

イズミは袋の中を覗き込んで、「へえ」とまんざらでもない声を上げた。

「ミコトの化粧品なんて、あなたにしては気が利いてるじゃない」

「もらいものだけどな」

「ありがと、沖名サン」

袋を傍らに置くと、イズミはいたずらっぽく笑って彼の役名を口にした。

《リーベル》という喫茶店に客として通い、その様子を定期的に報告すること。

それが、彼が三神から受けた依頼だった。

ライバルの店を探るためのスパイかと最初は思った。しかしそれにしては、彼が演じる役は非常に細かな部分まで設定された。話し方、立ち居振る舞い、ちょっとした癖まで。

どうやらその役には、モデルとなる人物がいるらしかった。

そうして三神との入念な打ち合わせのすえに完成したのが、噂の霊媒師に会いたがる好奇心旺盛《おうせい》な小説家・沖名駿介だった。友人に逢魔時夫という名で覆面作家をやっている人物がいたので、少々利用させてもらった。

三神の仕事は、特に日にちも期間も指定されていなかったので、他の仕事の合間にこなしていた。沖名となって《リーベル》へ行き、普通に飲食をしながら適当に情報収集をして、三神に報告する。なかなか居心地のいい店だったし、悪くない仕事だった。

ところが、今月になって変化が起こった。噂の霊媒師への相談事を抱えた客――大槻と出くわして、なりゆきで沖名も関わることになったのだ。

面倒事に巻き込まれてはならないと、彼としては適当なところで大槻の一件からは離れるつもりでいたのだが、むしろ積極的に関わるようにと三神から指示された。相手から迷惑がられても、なるべく佐貴やアーネストと行動を共にしろ、と。

そこでようやく彼にも、三神が探ろうとしているのが《リーベル》という店そのものではなく、店主である竜堂佐貴とその周囲にいる人間なのだとわかった。

更に三神の指示を受けながら佐貴たちと行動を共にすることで、三神の真の標的も理解した。自分が何のために《リーベル》や佐貴の周辺を監視しているのかも。

運ばれてきた紅茶にたっぷりと砂糖を入れて飲みながら――どんな人物を演じようと、変えられないのが味の好みというやつだ――彼は今夜の報告をすませた。

報告を聞くと、「ご苦労様でした」と三神は満足そうに微笑んだ。

「あんたとしては残念なんじゃないか」

「なぜですか？」不思議そうに三神は問うてくる。

「ヴァイオリンが壊れたにもかかわらず、アーネストが立ち直っちまって」

「立ち直ってもらわなければ困りますよ」

意外な言葉だと彼は思ったが、「あの程度で潰れてしまってはね」と続けた三神の、口元に浮かんだ笑みにぞくりとした。獲物をなぶって楽しむ、獣のような笑みだった。

三神はすぐにもとの穏やかな微笑みを取り戻し、

「今回の一件は私にとって予期しないものではありましたが、あなたのお陰で楽しませてもらいました。改めて、お礼を言わせてもらいますよ」

「俺も、それなりに楽しませてもらったよ」

「ところであなたは、この世に存在するあらゆる力の中で、もっとも恐ろしいものは何だと思いますか？」

突然、三神はそんなことを問うてきた。戸惑いつつも彼は少し考え、

「……権力とか？」

ふっと三神は笑う。外れたらしい。

「この世でもっとも恐ろしいのは、人を魅了する力です。この力を持つものは、他に何も持たなくとも、魅了した相手を介してすべてを手に入れることができる。財産も、地位

も、名誉も、必要とあれば武力でさえもね」

強力なカリスマ性というのが時として恐ろしいものに変貌《へんぼう》するというのは、彼も理解するところだ。某教団の騒動があってから、新興宗教というものはこれまで以上に警戒されるようになったし、そもそも世の中で起こる戦争のほとんどが、もとをたどれば宗教――信仰というカリスマからくるものだ。

「そしてその力を持つものは、昔からこう呼ばれます。悪魔――とね」

「悪魔?」

「頭に角を生《は》やしてコウモリの翼を背負うような、わかりやすい姿をしているぶんには良心的です。本物の悪魔は人と変わらない姿をして、人の中に巧《たく》みに紛れているのです。その姿は人の目に、醜《みにく》いどころかむしろこの上なく美しく、正しく見える。そうして人を魅了し、運命を狂わせ、破滅へと導くのですよ」

「……何でいきなり、そんな話をするんだ?」

くすくすと三神が笑い出した。心底愉快そうに。何だ、こいつ。大丈夫か? 三神の隣ではイズミもまた、訳がわからないとばかりに目をぱちくりさせている。

「そんなところで盗み聞きなどしていないで、こちらにいらしたらどうです? あなたのぶんの席は空いていますよ」

まっすぐに彼の方を見て、三神は言った。いや、俺じゃない。彼は後ろを振り返る。

背後のボックス席で、ゆっくりと人影が立ち上がった。

黒いレザーのキャップを目深に被り、Tシャツの上にややハードな感じのジャケットを羽織《はお》っている。下は、細身のジーンズとショートブーツ。目元はサングラスで覆われていて、これでギターケースを持っていればミュージシャン志望の若者といったふうだ。あるいは、お忍びでやってきた芸能人だろうか。

人影はサングラスを顔から取り去り、胸ポケットに差し込んだ。キャップのつばの下に現れた顔に、彼は息を呑む。その格好からは到底信じられないが、それは紛れもなく——

「アーネスト……？」

イズミも同様に唖然とする中、三神は「お久しぶりです」と穏やかな微笑みでもって相手を迎えた。

「その格好、なかなかお似合いですよ。盗み聞きをするための変装ですか？　残念ながらあなたの場合、特殊な雰囲気はどうやっても隠しきれませんがね。さあ、どうぞ。そんな怖い顔で立っていないで、座って下さい」

アーネストは無言のまま、空いている彼の隣に腰を下ろし、キャップを脱いだ。いまだ信じられず、「どうして……」と呟きながら彼は、まじまじと相手の整った横顔を見つめる。

「《リーベル》を出た後のあなたを尾行しました。といっても実行したのは僕ではなく、あなたの調査を依頼していたプロの方ですが。あなたがこの店に入ったという報告を受けて、やってきたのです。もっとも、あなたが今夜ここで彼と会うだろうというのは、僕としても予想していたことではありますが」

視線は正面の三神にとどめたまま、アーネストは淡々と答える。

「俺の調査を依頼してたって……いつから？」

「汐見家から戻った後です。あなたに壊されたヴァイオリンの修理を頼むため、国に戻っている間に調査をしてもらっていました」

まったく気づかなかった。唇を噛みしめてから彼は、はっと顔を上げる。「俺が壊したヴァイオリン？」

「ええ。僕のヴァイオリンをあのように滅茶苦茶にしたのはあなたです」

「ずいぶんきっぱりと言ってくれるが、壊したのは汐見凪子だろ」

「僕のヴァイオリンのことで、佐貴が凪子さんに怒りをぶつけた時――」三神からは決して視線を逸らすことなく、アーネストは話し始めた。

「『大切なヴァイオリンをあんな滅茶苦茶にされて』という言葉の『滅茶苦茶』という部分に、彼女が驚きを見せたことが気になったのです。ですからあの屋敷を去る前に、僕は本人に確認をしました。すると彼女は言いました。ケースからヴァイオリンを取り出して床に落とし、踏みつけようとしたがどうしてもできなかった。だから、弓だけを折って部屋を出て行った、と」

「信じたのか、その言葉を？」

「壊した事実を認めた以上、嘘をつく必要は彼女にはないと思います。そしてヴァイオリンを滅茶苦茶にした人間が瓜子さんの他にいるとなると、それは必然的にあなたということになる。

彼女は僕たちの推測通り、ヴァイオリンを使えば聖蓮の記憶を取り戻すことができる、という会話を耳にしたことで、ヴァイオリンの破壊を考えたそうです。その前提のもとで推理をした僕たちは、犯人は瓜子さんしかいないという結論に行き着きました。けれど、本当はもう一人存在したのです。仲間という意識があったために佐貴は思い至らなかったようですが、第一発見者であるあなたにも壊すことは可能でした。言い換えれば、瓜子さんが犯人でないのなら、後はあなたしか残らないのです」

——隙を見て、アーネスト君のヴァイオリンを壊して下さい。

そう三神から指示された時には、さすがに彼も躊躇した。アーネストがあのヴァイオリンを用いて生み出す音色には、彼も強く惹かれるものがあったからだ。

機会がなければ、それを理由にやめておこうとさえ彼は思ったのだが、そういう時にこそ機会というものは訪れてしまう。たまたま客室に戻ったら、真っ二つに折られた弓と共に、ヴァイオリンが床に落ちていた。これも壊して下さいと言わんばかりに。

だから、彼は壊した。

「さすが、霊媒探偵サン」

イズミが小さく手を叩く。アーネストはちらりと彼女に視線を流したが、すぐに三神を見据え直し、

「お前はまた、死者を冒瀆《ぼうとく》したな」

彼が聞いたこともない、凄味《すごみ》のある低い声で言った。

「冒瀆？」三神は余裕の笑みで肩をすくめる。「何のことでしょう」

「この役者に鳥出さんを演じさせ、僕たちと接触させた。それも、疑えと言わんばかりのやり過ぎの演技をさせて」

その口ぶりからすると、どうやら『沖名』の存在は最初からアーネストに疑われていたらしい。そんな素振りは全然なかったのに。もっとも、細かな仕草や癖までを真似るのはやり過ぎではないかというのは、演じる前に彼自身も思ったことだった。それは挑発以外の何ものでもない。

「彼の報告によると、佐貴君はまるで疑っていないようですが？」

三神はどこまでも涼しい顔だ。むしろ、楽しげでさえあった。

「佐貴はそういう人間だ。疑うよりも信用する。そんな彼の性格につけ込み、死者の存在を玩具のように扱ったお前を、僕は絶対に許さない」

アーネストの手の中で、握りしめたキャップが潰れた。

「許さない――では、どうします？　私を殺しますか？　目障《めざわ》りなものは排除する。あの家のもっともお得意とする方法ですね」

三神は口元の笑みを深めた。そうして笑みを深くすればするほど、不思議と三神の周囲の空気は温度を下げていくようだった。

「あなた自身がどんなに疎《うと》ましく思おうと、あなたは確かにあの家の人間なのですよ。それどころか、一族の中で極めて優秀な霊媒であるあなたは、極めて優秀な『呪い』でもある。あなたは、アルグライト家の象徴ともいうべき存在です」

「……お前の狙いは何だ」

関節が白くなるほどに、アーネストはきつくキャップを握りしめていた。

「なぜこんな回りくどいことをする。アルグライトの家を憎み、そのために僕という存在を潰そうとしているのなら、直接僕を狙えばいいだろう」

「それはあなたの家のやり方でしょう。敵対する相手と同じ方法をとるなどという愚かな真似を、私がすると思いますか？」

「それなら――」

「私はね、あなたが深い絶望にとらわれ、自分という存在を激しく憎み、自らその身体を切り裂いて、流れる冥い血の最後の一滴までを絞り出す姿を見たいのです。そうして抜け殻となったあなたを素晴らしい人形に仕立て上げる。ジェラール・アンティーニの最高傑作としてね。それが、私のやり方ですよ」

三神が席を立つ気配を察し、手前に座っていたイズミが素早く腰を上げる。以前のイズミを知る彼からすれば、信じられない従順さだ。

座ったままのアーネストの傍らに立つと、三神は腰を屈めるふうにして、アーネストの顎に手をかけた。

「私の師が味わった痛み、苦しみに比べれば、あなたのそれはまだまだ足りない。あなたはもっと苦しんで——そして、知るべきです」

アーネストは即座に三神の手を払いのけ、「知るとは、何をだ」

しかし、三神は答えなかった。姿勢を正してにこりと笑う。

「せいぜい仲間をたくさん作るといいでしょう。あなたの強力な『呪い』でもってね」

軽やかに舞う上着の裾。その赤が、彼には三神が従える冥い炎のように思えた。

肉体を傷つけることなく、その奥の心のみを燃やし尽くす炎——

「じゃあね」とウインクを残して、イズミが三神の後を追いかけていく。

アーネストは席に座ったままでいた。うつむいた顔は、長い前髪によって目元が隠れていたが、きつく唇が噛みしめられているのがわかった。テーブルに載せられた拳もまた、同様に握りしめられている。

きっと今、アーネストは彼が見たことのない表情《かお》をしているのだろう。慰めの言葉も、励《はげ》ましの言葉も、かける資格はもちろん彼にはない。立ち去るために相手を促すこともしづらくて、彼は隣に座ったままでいた。

やがて、キャップを再び目深に被ってアーネストは立ち上がった。

「あなたを咎《とが》めるつもりはありません」

キャップの中に表情を隠して、アーネストは言った。「あなたは自分の仕事をしただけでしょうし、ある意味ではあなたも三神に利用されたわけですから」

でも、とアーネストは顔を上げる。つばの陰の中に見えた顔には、一切の感情が窺えなかった。

「もう二度と、僕たちの前に姿を現さないで下さい。特に佐貴の前には、絶対に」

それでは、と会釈をして、アーネストもまた去って行った。

入り口の扉が閉まる音を聞きながら、彼は一人残されたテーブルを見る。

カクテルグラスは空になっていたが、水割りのグラスはほとんど手つかずのままだった。アーネストが座っていた席に至っては、何の飲み物も置かれていない。もしかすると、背後の席に残されているのかもしれないが。

伝票はいつの間にかなくなっていた。三神かイズミが持ち去ったらしい。

彼の前には、半分ほど中身の残ったティーカップが置かれている。

――ハッピーエンドが好きなだけですよ。

不意に、彼の耳の奥に《リーベル》での佐貴の言葉がよみがえった。

そうだよな、と思う。こんなことを言ってもたぶん誰にも信じてはもらえないだろうけれど、実のところは彼も物語にはハッピーエンドを求める人間だ。

世の中は理不尽な悲劇に満ちている。だからこそ、物語の中くらいは「めでたしめでたし」で終わりたい。自分が演じるのは、できるならそのためでありたいと彼は思う。

地面にぼこぼこと空いた、悲しい穴や寂しい穴。そんな冥い穴たちを埋めるために、その穴の形にぴたりと合う存在を演じるのだ。

穴を埋める本物の存在を、各人が見つけられるまで。

彼は、アーネストと三神のことを考える。まったく異なっていながら、非常に似通ったものを持つ二人のことを思う。

あんなでかい穴を埋めるのは、なかなか大変かもしれない。

それでも――

「埋められない穴なんてない」

彼は小さく呟き、そして笑んだ。いかにも佐貴辺りが言いそうだ。いや、言いそうなのは『沖名』だろうか。

彼はカップを手にして、残っていた中身を飲み干した。

ブランデーの香りをほのかに滲ませた紅茶は、冷めていながら充分な甘味を持っていたが、それでも彼の舌先の苦味を溶かしてはくれなかった。

ひとつの役との別れがこんなにも寂しいと思うのは、彼にとって初めてのことだった。

あとがき

恐らくははじめましての方が多いと思いますが、実はこの霊媒探偵シリーズは講談社ノベルスでこれまで三作出させてもらっており、講談社タイガにお引っ越ししての再出発という形になります。前作からは一年以上も間をあけることになってしまい、お待ちいただいていた皆様にはとても申し訳なく思っていたので、ようやく新作がお届けできて嬉しい限りです。大変お待たせしました！

もちろん、はじめての皆様には一作目として楽しんでもらえる作品になっています。もしかすると名前のみ登場するある人物について、「あんなヤツ知らないんだけど」と思う方もいらっしゃるかもしれませんが……知らなくても大丈夫です！　シリーズを読み続けていただければ、「ああ、あの時のアイツ」と思う時がきっとくるはずですから。もっとも、『渦巻く回廊の鎮魂曲《レクイエム》』を読んでいただけるとすごく嬉しいというのが作者の本音ではありますが。その順番で読むと、また違った楽しみ方ができるかと思います。ちなみに近々、講談社文庫の方で文庫化してもらえる予定ですので（ちょっと宣伝しました）。

心霊モノの作品を扱っていると実際に心霊現象に出くわすという噂をよく耳にし

ますが、このシリーズはホラーではないためか、幸いそうした現象が起こったことはありません。ただ、不思議な偶然に出くわすことは度々あります。

今作は神奈川県S市のS湖を漠然とイメージして書いていたのですが、執筆していたまさにその時、携帯電話に珍しく間違い電話がかかってきました。何と、神奈川県S市の病院から！　思わず「そこはS湖の近くですか！」と訊きたくなりました。いや、訊きませんでしたけど。というか、間違いとわかったらすぐに会話を終了されてしまいましたけども。しばらく呆然として携帯とパソコン画面を見比べたものです。

最後になりましたが、担当編集のU様を始め、作品に関わっていただいたすべての方々に厚くお礼を申し上げます。ノベルスに引き続き、雪広うたこさんがイラストを担当して下さることになりました。雪広さんの手に成る彼らとの出会いをいつも楽しみにしている身としては嬉しい限りです。

そして何より、この作品を最後まで読んでくれたあなたに、心よりありがとうの言葉を伝えたいです。次回はアーネストと佐貴の出会いの物語を予定しております。またお付き合いいただけると、作者も彼らもとても幸せです。

風森章羽《かざもりしょう》

本書は書き下ろしです。

〈著者紹介〉

風森章羽（かざもり・しょう）

小説家。３月７日、東京都調布市生まれ。『渦巻く回廊の鎮魂曲《レクイエム》　霊媒探偵アーネスト』で第49回メフィスト賞を受賞し、デビュー。

水《みず》の杜《もり》の人魚《にんぎょ》
霊媒探偵《れいばいたんてい》アーネスト

2016年7月19日　第1刷発行　　定価はカバーに表示してあります

著者……………………………風森章羽《かざもりしょう》

発行者…………………………鈴木　哲

発行所…………………………株式会社 講談社

〒112-8001 東京都文京区音羽2-12-21

編集03-5395-3506

販売03-5395-5817

業務03-5395-3615

本文データ制作……………講談社デジタル製作

印刷……………………………豊国印刷株式会社

製本……………………………株式会社国宝社

カバー印刷……………………慶昌堂印刷株式会社

装丁フォーマット…………ムシカゴグラフィクス

本文フォーマット…………next door design

ISBN978-4-06-294038-2　N.D.C.913　282p　15cm

〈霊媒探偵アーネスト〉
シリーズ続編

『リーベルの庭（仮）』

風森章羽

講談社タイガより
刊行予定

美少年シリーズ

西尾維新

美少年探偵団

きみだけに光かがやく暗黒星

イラスト

キナコ

十年前に一度だけ見た星を探す少女——私立指輪《ゆびわ》学園中等部二年の瞳島眉美《どうじままゆみ》。彼女の探し物は、校内のトラブルを非公式非公開非営利に解決すると噂される謎の集団「美少年探偵団」が請け負うことに。個性が豊かすぎて、実はほとんどすべてのトラブルの元凶ではないかと囁かれる五人の「美少年」に囲まれた、賑《にぎ》やかで危険な日々が始まる。爽快青春ミステリー、ここに開幕!